II

冰島暗湧

DRUNGI

孤島

拉格納・約拿森——著　蘇雅薇——譯

RAGNAR JÓNASSON

獻給瑪莉亞

特別感謝來自韋斯特曼納群島的嚮導 Sigurður Kristján Sigurðsson 和 Sara Dögg Ásgeirsdóttir，帶我四處探訪，並提供我埃德利扎島的資訊。

我也要感謝 Hulda María Stefánsdóttir 檢察官協助我了解警方辦案程序。

最後我要衷心感謝我的父母 Jónas Ragnarsson 和 Katrín Guðjónsdóttir 閱讀本書的手稿。

「一個殘酷的字便能轉變人心。
面對靈魂，應該格外小心。」

——冰島詩人艾納．貝內迪克松，《史塔可許的獨白》

序幕

科帕沃於爾，一九八八年

保母遲到了。

夫妻倆鮮少晚上出門，因此老早就費心確認她當晚有空。她就住在隔壁街，替他們看過孩子幾次，但除此之外，他們跟她和她的家人不太熟。不過他們認識她的母親，在社區碰到會打招呼。他們七歲的女兒好崇拜那女孩，她二十一歲，在女兒眼中非常成熟有魅力。女兒總說她們在一起多開心，她穿了什麼漂亮的衣服，講了什麼精彩的睡前故事。女兒迫切希望她來當保母，使夫妻倆接受邀約沒那麼愧疚；他們很放心小女兒不只安全無虞，還會玩得開心。他們安排女孩從六點幫忙帶孩子到午夜，但現在都過了六點，其實快六點半了，而晚宴七點就要開始了。丈夫想打電話問她怎麼回事，但妻子不願意大驚小怪：她會來的。

那天是三月的週六傍晚，在保母遲到之前，家裡瀰漫開心期待的氣氛。夫妻倆迫不及待想跟妻子在政府部門的同事共度愉快的夜晚，女兒則很興奮能與保母看一整晚的影片。他們沒有錄影機，但今晚情況特殊，父女倆便去附近的影帶店租了機器和三卷錄影帶，小女孩還獲准可以盡情熬夜，直到她耗盡精力。

剛過六點半，門鈴終於響了。他們住在雷克雅維克正南方的小鎮科帕沃於爾，房子位在小型公寓社區的二樓。小鎮氣氛閒散，夾在雷克雅維克和其他都會區的城鎮之間，大部分的居民都通勤到首都工作。

母親接起對講機。保母總算到了。不久後她出現在門口，渾身濕透，並解釋她走路過來。室外雨下得好大，看來簡直像有人往她頭上倒了一桶水。她尷尬地道歉遲到這麼久。

夫妻倆揮手要她別道歉，感謝她幫忙帶小孩，提醒她主要的居家規則，並問她是否會使用錄影機。這時他們的女兒闖進來，說她不需要別人幫忙。看來她等不及要把父母一齊送出門，才能開始今晚的觀影盛會。

雖然計程車等在門外，母親還是無法抽身離開。即使他們時不時會外出，她仍不太習慣拋下女兒。「別擔心，」保母終於說，「我會好好照顧她。」她說起話很可靠，令她放心，而且過去她都把女兒照顧得很好。於是他們踏進傾盆大雨，走向計程車。

隨著時間越晚，母親開始越發擔心他們的女兒。

「別傻了，」她的先生說，「我打賭她一定樂翻了。」他瞥向手錶，又補上一句：「現在她應該看到第二或第三部影片，她們應該也吃完冰淇淋了。」

他的妻子問，「你覺得他們會讓我用櫃台的電話嗎？」

「現在打去不會太晚嗎？我猜她們都在電視前睡著了吧。」

到頭來他們比計畫提早一點離開，剛過十一點就啟程回家。當時三道菜的晚宴早已結束，說實在話，餐點有些令人失望，主菜的羊肉頂多能說淡然無味。晚餐後，大家湧進擁擠的舞池。一開始ＤＪ播放知名老歌，但隨後便放起近期的排行榜金曲。夫妻倆不太喜歡這種音樂，即使他們都未到中年，仍自認年輕。

回家路上沒有人說話，雨絲沿著計程車的車窗不斷流下。說穿了，他們並不愛跑趴；他們太喜歡家裡的物質享受了。雖然他們沒喝多少酒，只配著晚餐喝了一杯紅酒，參加晚宴還是累壞他們了。

下計程車時，妻子提到她希望女兒已經睡了，他們就能直接上床睡覺。他們從容走上階梯，打開門，沒有按門鈴，以免吵醒女兒。然而他們發現她還沒睡。她跑來迎接他們，伸出雙臂摟住他們，力道緊得非比尋常。出乎意料之外，她非常清醒。

父親笑著對她說，「妳還真精力充沛。」

小女孩說，「我好高興你們回來了。」她的眼神有點奇怪：哪裡不對勁。

保母從起居室走出來，朝他們甜甜地笑。

母親問道，「都還好嗎？」

「非常好，」保母回答，「妳的女兒真的好乖。我們看了兩捲錄影帶，都是喜劇，她很喜歡。她也吃了妳準備的肉丸，大部分都吃完了，還吃了很多爆米花。」

「非常謝謝妳過來。沒有妳幫忙，我們真不知道怎麼辦。」

父親從外套拿出錢包，數了幾張鈔票，交給她。「沒錯吧？」

她自己數了一次，點點頭。「嗯，完全正確。」

她離開後，父親轉向女兒。

「寶貝，妳不累嗎？」

「嗯，有一點。我們可以再看一下電視嗎？」

父親搖搖頭，和藹地說，「不行，真的太晚了。」

「喔，拜託，我還不想上床睡覺。」小女孩聽起來快哭了。

「好吧，好吧。」他帶她走進起居室。當晚的電視節目已經結束，於是他打開錄影機，放進新的一捲錄影帶。

他們一起坐在沙發上，等待影片開始播放。

「今天晚上很好玩吧？」

「嗯……嗯，還不錯。」她聽起來不太肯定。

「她……對妳很好吧？」

「嗯，」女孩回答，「嗯，她們都對我很好。」

父親很困惑，便問道，「妳說**她們**是什麼意思？」

「她們有兩個人。」

他轉身看著她，又溫柔地問了一次：「妳說**她們**是什麼意思？」

「她們有兩個人。」

「她的朋友過來嗎？」

女孩頓了短短一下才回答。看到她眼中的恐懼，他不自主打了個哆嗦。

「沒有。可是有點怪怪的，爸爸……」

第一部

一九八七年

第一章

週末去偏遠的西北區度假全是突發異想，好逃脫昏暗的秋日。他們把行李丟進班尼迪克的舊豐田轎車，從雷克雅維克出發，情緒高昂，興奮不已。然而漫長的車程大多開在碎石路上，花了好幾個小時，等他們抵達西峽灣半島，夜色已逐漸逼近。他們還要再多開一段路才會抵達偏遠的山谷，班尼迪克越發感到焦慮。

他們駛過高原荒野，無樹的大地在漸暗的暮色中延展，一片淒涼荒蕪，氛圍十分不祥。野地往下通到海岸，來到伊薩深峽灣最靠近內陸的分支沿岸。道路緊貼低地海岸前進一會兒，才爬上另一個山口，班尼迪克放鬆抓方向盤的手。等馬路開始往下，急轉彎回到海邊，他的指節又緊繃到發白了。悠長的低矮山脈聳立在兩側，在黑暗中隱約可見。四周一片漆黑，連一絲燈光都看不到。峽灣無人居住，農場都早已荒廢，居民逃離艱困的生活環境，有些沿著峽灣內縮的海岸，去了一百四十公里外的小鎮伊薩菲厄澤，有些則去了遠在西南方、燈火通明的雷克雅維克。

「我們是不是太晚出發了？」班尼迪克問道，「天色這麼暗，我們找不到小屋吧？」雖然他沒來過國內這塊地區，他還是堅持由他開車。

「放輕鬆，」她說，「我知道路，我夏天來過很多次了。」

班尼迪克回答，「沒錯，但那是夏天啊。」他嚴肅地專心跟著狹窄的路，注意難以預料的扭曲轉彎。

「別這樣嘛。」她的口氣輕鬆，陣陣笑意就要浮上表面。

他等待這一刻好久了。他一直遠遠地愛慕著這個神采飛揚的纖細女孩，並感到或許、只是或許，她也跟他兩情相悅。但他們都沒有採取行動，直到幾週前，他們的關係終於有所進展，小火花燃起了烈焰。

她說，「距離黑達爾岔路不遠了。」

「妳住過這裡嗎？」

「我？沒有。不過我爸是西峽灣人，他在伊薩菲厄澤長大，度假小屋是他們家的。我們放假都會來，有點像世外桃源。」

「我想也是，不過我猜今天晚上看不到什麼景色吧。真想趕快看到光。」他頓了一下，然後遲疑地補上一句：「小屋有電吧？」

她回答，「有冷水和蠟燭。」

班尼迪克呻吟道，「當真？」

「沒有啦，開玩笑的。有熱水——很多熱水——也有電。」

「妳有告訴……呃，妳有告訴爸媽我們要來嗎？」

「沒有，又不干他們的事。我媽不在家，而且我想做什麼是我的自由。我只跟我爸說週末我不會在家。我弟弟也不在，所以他也不知道。」

「喔。我只是想說……這是他們的度假小屋吧？」他其實是想問，她的父母是否知道他們一起出遊，要是知道，就形同清楚示意他們開始交往了。目前為止，他們的關係都是祕密。

「當然是呀，是我爸的小屋，不過我知道他沒打算用，而且我有鑰匙。班尼，一定會很好玩。想像今晚的星星吧：夜空應該幾乎會是萬里無雲。」

他點點頭，但他對整件事的疑慮還是沒有消除。

她忽然說，「這裡轉彎，這裡。」他猛踩剎車，車子差點失控，勉強才轉過彎。他發現前方的路更窄，幾乎只剩小徑一條，便減速緩慢前進。

「你得開快一點，否則我們天亮都到不了。別擔心，沒問題。」

「可是我什麼都看不見，我不想把車撞爛。」

她笑了，魅惑人心的笑聲立刻讓他心情好多了。起初他也是受到她的聲音和純真的笑容吸引，現在他們之間終於排除了所有障礙。他強烈感到他們是命中注定；現在只是開端，讓他淺嚐未來的可能。

「妳不是說有按摩浴缸？」他問道，「開這種路顛簸一整天，能泡澡就太好了，我發誓全身每根骨頭都在痛。」

她說，「呃，有，沒錯。」

「**沒錯？**什麼意思？到底有沒有按摩浴缸？」

「到時候你就知道了……」她總是散發未知的挑逗意味。她的魅力就在這兒，有辦法讓最平凡的事物都顯得神祕。

「好吧，不管怎麼說，我都等不及了。」

他們終於開進山谷，度假小屋應該就在附近。黑暗中，班尼迪克還是看不到建築物，不過她要他停車，他們一起下車，迎來冰冷的新鮮空氣。

「跟我來，你要學著多相信人。」她笑著握住他的手，觸感輕如鴻毛。他跟上去，感覺好像走進美麗的黑白夢境。

她毫無預警停下來。「你有聽到海的聲音嗎？」

他搖搖頭。「沒有。」

「噓，等一下。不要動，不要說話，仔細聽。」

他專心聆聽，便聽到海潮微弱的嘆息。一切感覺好不真實，魔幻極了。

「海岸不遠，如果你喜歡，明天我們可以走下去看看？」

「太棒了，我當然想去。」

再走一小段路，他們終於瞥見度假小屋。雖然周遭很黑，他看得出來小屋不大，造型也不現代，看起來像七零年代的房子。A字型屋頂往兩側斜伸，幾乎垂到地面，屋子前後兩面都有窗戶。她翻翻鋪棉外套的口袋，找到鑰匙開門，打開燈，黑暗立刻消散。他們走進溫馨的客廳，四處可見的老家具渲染出質樸的風味。班尼迪克馬上感到屋內的氣氛很好。

他會很享受這趟旅程，在荒郊野外的週末冒險。沒有人知道他們在哪兒，這麼想更是感覺與世隔絕；他們獨佔整座山谷，簡直像在作夢。

客廳佔掉小屋大半的空間，不過旁邊還有小廚房和浴室，屋內後方則有一道樓梯。

「上面是什麼？」他問道，「閣樓臥室？」

「對。來吧，快點。」她三兩步敏捷地爬上樓梯。

班尼迪克跟著爬上去。傾斜的天花板下方的確是閣樓臥室，擺著床墊、棉被和枕頭。

「來吧。」她躺在其中一塊床墊上，「來吧。」當她朝他微笑，他毫無抗拒之力。

第二章

班尼迪克站在滿天星斗下，吹著涼爽的秋風，用舊煤碳烤爐烤漢堡排。他們的旅行起頭順利，他對接下來的發展充滿樂觀期待。雖然他可說是個城市小孩，總覺得西峽灣區又冷又難去，但他意外發現自己玩得很開心。當然，多虧有最好的旅伴同行，不過這片大地本身的孤寂就有種魅力。他吸了滿肺的乾淨冷空氣，試著閉上眼，再次傾聽海的聲音。秋葉的氣味與烤爐升起的可口香味混在一起。他張開眼睛。他站在小屋後方，這時才發現四處都沒看到按摩浴缸。

他們在客廳吃完晚飯後，他問道，「妳跟我保證的按摩浴缸在哪裡？我繞小屋走了好幾圈，都沒看到。」

她調皮地笑了。「沒花你多少時間吧。」

「妳只是想逃避問題。」

「才沒有。跟我來。」

他還沒搞懂怎麼回事，她就站起身，走出門。他趕忙跟上去，踏進十月的夜晚。

「妳要憑空變出按摩浴缸嗎？」

「跟我來就是了。你會冷嗎？」

他遲疑了一下。穿著薄毛衣確實有點涼，但他不想承認。她看穿他的心思，回到屋內，拿了一件厚羊毛冰島毛衣出來，灰色底，肩部織了黑白色的傳統花紋。

「要借你嗎？這是我爸的毛衣，我偷偷帶來。我穿太大，但很溫暖。」

「我才不要穿妳爸的毛衣，太怪了。」

「隨便你。」她把毛衣丟回屋內，在身後關上門。毛衣落在客廳地上。

她指著說，「大概要沿山谷走五到十分鐘。」

「去哪裡？」

「按摩浴缸。」她一面走，一面回頭說，「山谷裡有很棒的天然溫泉，兩個人泡剛剛好。」

晚飯期間，滿月爬上天空，冷冽的光芒照亮整座山谷。班尼迪克心想，四下不見其他光源，他不會想在黑暗中往那兒走。度假小屋消失在他們身後，四周也沒有其他住宅。不過他們是來冒險，他又死心塌地愛著那女孩，所以他決定要盡情享受。

然而他放眼望去，附近都沒看到按摩浴缸。

「還要很遠嗎？」他遲疑地問，「妳不是在耍我吧？」

她笑了。「當然不是，你看。」她指向狹窄的山谷上方。他在山腳瞥見一棟小房子，旁邊有一抹白色蒸汽在月光中冉冉上升。「對，就是那裡。你有看到屋子嗎？就在浴池旁邊。大家都把老屋當作更衣室。」

他們慢慢走向浴池，但越走越近，班尼迪克才發現山上流下的激流擋住了路。他可以看到月光在打轉的湍急水面上閃閃發光。

「橋在哪裡？」他猛然停下來問，「還是我們要繞過去？」

「相信我，我在這裡熟門熟路。」

他們走到河畔。她說，「河上沒有橋，這裡是最適合過河的地方。你看到那些石頭嗎？」

班尼迪克點點頭。他看到幾塊石頭露出水面，現在知道石頭的功用之後，他完全不喜歡他看到的景象。

「很簡單，只要一次踩一顆石頭，就過去了。」她脫下鞋襪，一路走過去，彷彿走了一輩子。班尼迪克心想，她跟貓一樣靈活。

喔，好吧，他躲不了。讓她看到自己擔心受怕太丟臉了，於是他跟著脫下鞋子，把襪子塞進鞋裡，拎在手上。他鼓起勇氣，踏進水裡，卻發現水冰得令骨頭發麻，害他猛然一顫，趕忙後退，低聲咒罵。

「拜託，咬個牙就過去了。」她從對岸叫道，看似遠得不可思議。

他再次走進水裡，踏上第一顆石頭，再跳到下一顆。跳向第三顆時，他踉蹌一下，好險腳趾找到落點，沒有出事。他終於過到對岸，如釋重負嘆了一口氣，身體微微顫抖。

他抬起頭，看到她已脫下衣服，全身赤裸站在浴池畔。「來吧。」她又說了一聲，緩緩走進熱水。

他不需要她多說，趕忙脫掉衣服，跟著她爬進浴池。池底的石頭好滑，他差點滑跤，跌個狗吃屎。

「真的太……了不起了。」他仰頭望向天空，看著月亮、星星和周遭的黑夜，感到冒煙的熱水緊裹著他。他挪動身子，更靠近他的女孩。

第三章

從浴池回到小屋後，班尼迪克的牙齒就不住打顫。他完全不知道現在幾點；他把手錶忘在車上，度假小屋唯一的小時鐘在客廳牆上，而且停了。身處高山大海之間的空曠地域，時間暫停似乎也合情合理。

「我們直接去睡覺吧，」他說，「躲進被子裡。我快冷死了。」

「好。」她說，「快點，你先上樓去。」她愛撫般的聲音讓他暖和了一些。

班尼迪克本來想等她，但看她沒有要動的意思，便自己爬上樓梯。閣樓臥室光線昏暗，他四處尋找電燈的開關，卻找不到。

他往下喊，「上面不是有燈嗎？」

「沒有，傻瓜。」她含情脈脈地說，「這是度假小屋，不是豪華別墅。」

他靠小窗戶照進來的月光，在微光中摸索移動。他們把寢具留在車上，但班尼迪克太冷，不想再下樓，更別說出去了。他挪動床墊，把兩張靠在一起，然後鑽進被窩。一陣顫慄竄過全身，不過他心中仍充滿歡欣的期待。他夢中的女孩就在樓下，立刻就要上樓找他。他們與世隔絕，距離最近的聚落好幾公里，簡直就像世上僅存的兩個人。

很快他就聽到輕巧的腳步聲。她爬上樓梯，渾身散發光芒：真正的光。她雙手握著一支舊燭台，火光照亮她的臉，賦予她神祕魔幻的美感。眼前的景象超乎現實，班尼迪克又顫抖起來。

她小心將燭台放在地上。他緊張地想，老舊木屋如果意外失火，後果可想而知。不過當下他意識到她半裸著身子，便分心了。

「哇。」他忍不住脫口而出。她實在美得冒泡。不過他瞥了蠟燭一眼，仍覺得非問不可。「拿蠟燭上來不危險嗎？」

「班尼，你以為鄉下人都怎麼過活？老天，你真的是城市小孩耶。」他笑了。

「妳不進來被窩嗎？妳不冷嗎？」

「我跟你說，我從來不覺得冷，我也不知道為什麼。」就著燭光，他看到她微笑。接著她轉過身，沒多做解釋就走下樓梯。

「妳又要下去嗎？」

她沒有回答。他挪動身子稍微靠近蠟燭，彷彿燭火的溫度能驅散骨子裡的寒意。同一個詞——「超乎現實」——又浮現腦海。或者可以說「超凡脫俗」，嗯，聽起來應該沒錯。同時他也感到一絲禁忌，使他更加興奮。

她幾乎馬上就回來了，拿著一瓶紅酒和兩個玻璃杯。

他顫抖著說，「太——太棒了。」

她扭身鑽進被窩，緊貼著他。「好啦，班尼，這樣溫暖多了吧？」

聽到她在這兒，這般喊他的名字，感覺難以描述。

他只能笨拙地回答，「嗯。」

「你知道嗎？我的祖先住在這附近。」光聽她的口氣，他就知道背後有故事。她總是在說故事；他就喜歡她這一點。愛上她好容易，太容易了，但他毫不後悔，再也不後悔了。

「有人說……」她刻意稍作停頓，製造戲劇效果，然後開玩笑般補上一句：

「我不確定你想不想聽……」

「當然想。」

「有人說他的鬼魂在山谷陰魂不散。」

「喔，最好是啦。」

「你自己決定要不要相信我，班尼，但大家都這麼說。所以我絕對不想一個人在這兒過夜。」她依偎得更近。

他問道，「妳看過他嗎？」他默默等她鬧完，卻也暗自享受聽她說故事。他喜歡聽她說話，即使他知道不能認真看待她說的每句話。

她回答，「沒有……」不知為何，隨後的沉默令班尼迪克坐立不安。「沒有，但我感覺到過……聽過……聽過我無法解釋的聲音。」

她聽起來很嚴肅，班尼迪克不知如何反應。

「有一次我跟爸爸來——當時我還小，只有我們兩個人——我睡覺後，他出去外面。總之，我醒來發現只剩我一個。那次是早春，所以晚上還很黑。我試著點蠟燭，可是燭芯就是點不燃……然後我聽到一陣噪音——班尼，你懂嗎？——我這輩子沒那麼怕過。」

班尼迪克不發一語；他開始後悔聽她講故事了。

他轉頭看她。短短一瞬間，他覺得在她眼中看到真實的恐懼。他閉上眼，試著甩掉受驚的感受。給這種假話騙到太扯了。

「我不相信……」他沒有說完。

她輕柔地說，「那是因為你不知道整個故事，班尼。」她的口氣暗示她還沒說出不寒而慄的細節。

他無助地跟著說，「整個故事？」

「他遭判火刑，活活燒死。你想想看：活活燒死。」

「胡說八道，妳在鬧我嗎？」

「你以為我會鬧你？你沒讀過冰島獵巫的歷史嗎？」

「獵巫？妳是說十七世紀的時候，他們燒死施黑魔法的老女人嗎？」

「老女人？這裡幾乎沒燒過女人，大多是男人，我的祖先就是其中之一。你想想看，班尼，試著想像綁在火堆上燒死的感覺。」她的手突然一動，強調她說的話，結果碰倒了舊燭台。班尼迪克驚呼一聲。

蠟燭掉出來，落在木頭地板上。

第四章

她反應很快，趕忙抓起蠟燭，插回燭台。

然後她咧嘴一笑。「沒弄好可能就出大事了。」

「對啊。老天，小心一點。」他一時嚇得喘不過氣。

「我跟你說喔？」她用同樣輕柔誘人的聲音繼續說，彷彿什麼都沒發生：「我覺得他真的有問題。」

「有問題？」

「對，他真的會巫術。別搞錯囉，我不是說他應該被燒死，但他絕對有涉獵黑魔法。我有在研究，魔法符號之類的，真的很有趣。」

「有趣？亂玩神祕力量叫有趣？」

「不過說真的，我覺得我有遺傳到，在我的基因裡。」

「什麼？黑魔法嗎？」他幾乎不敢相信他聽到的話。

「對，魔法。」

「妳在開玩笑吧。」

「班尼，我不會拿這種事開玩笑。我最近有稍微嘗試，很刺激喔。」他在她身旁躺下，她微微推了他一下。

「嘗試？」

「對啊，下咒語。」她富饒興味補上一句：「不然你覺得我怎麼把你吃得死死的？」

「喔，少來了。」

「你自己決定信不信囉。」

「我都不太敢相信我跟妳在這兒呢。」

她笑了。「我們不是要喝一杯嗎？」酒瓶和酒杯放在蠟燭旁，都給忘了。

「我還是好冷，才不要離開被窩呢。」

「你會冷？」她逗他說：「你該不會怕了吧？」

他沒有回答。

「說真的，你會怕嗎？」

「當然不會。」他又挪著靠近她，感到她赤裸的身子散發熱氣。

「只要點了蠟燭，就不會有事；他不會出聲。只有在黑暗中，班尼，只有在黑暗中……」

她探向蠟燭，用手指捏熄燭火，然後回頭面對班尼迪克，帶著無盡的溫柔親吻他的雙唇。

第五章

班尼迪克很訝異他早早就醒了。他以為遠離交通噪音和鬧鐘，他會睡得不省人事，很晚才起來。

他也沒有睡得很好。或許要怪黑魔法和火燒女巫的睡前故事，或者他只是太興奮能與她共度春宵了。

看她還睡得很沉，他悄悄爬下樓梯，套上毛衣、褲子和鞋子，探頭到門外。看來今天天氣會很好，空氣有點涼，但非常沉靜。他閒晃離開小屋，走向海邊，在蒼白的晨光中第一次好好欣賞周遭的景色。他以為西北角的特色是沉穩高聳的山脈，俯瞰深不見底的峽灣，冬天好幾個月都見不到太陽。然而在伊薩深峽灣的最深處，地貌較為和緩，悠長平坦的高地三方環繞碧綠的山谷。景色雖然不甚壯觀，空曠的空間倒是散發籠罩一切的寧靜。光禿大地上唯一的顏色來自一叢叢山桑子和岩高蘭，以及下方峽灣平靜的藍色海水。

走到海邊花的時間比他想得久。他在石頭上坐下來休息，遙望水面。越過峽灣的出海口，可以看到深峽灣北岸的永凍白雪閃閃發光，提醒他北極圈有多近。她曾說過，除了幾間小農場還在硬撐，北部半島現在從豪斯川迪爾到史奈佛斯頓都沒有人住了。想到這兒，他感到有些孤寂。

他不想離開太久，便回頭輕快地大步爬上斜坡，免得她醒來沒看見他，擔心他去哪兒了。出來走走伸展雙腿不錯，但現在他想回去溫暖的室內了。

然而等他回到小屋，爬上樓梯，瞥看閣樓臥室，卻發現她仍睡得不醒人事。他很意外她能睡這麼久。

好吧，他生平第一次有機會做早餐給心儀的女孩在床上吃。不是什麼大餐，只是麵包、起司和柳橙汁。他把簡單的餐點端上閣樓。

她在睡夢中看起來好美。他輕輕推她，但她沒有反應，當他彎腰在她耳邊悄聲說早餐準備好了，她也只抽動了一下。

「早餐？」她半睜開眼，打了個呵欠。

「對，我出去店裡買的。」

「店裡買的？」

「開玩笑啦。我替妳做了三明治。」

她笑著悄聲說，「謝謝，但我還有點睏。我可以晚一點吃嗎？」

「嗯，當然。妳想再休息一下嗎？」

「能就太好了。」

班尼迪克想到室外的風景——雖然起初他有所顧慮，但荒蕪的山谷已迷住他了。「好，沒問題。我可能去散步，再去溫泉池泡一下。」

「嗯，聽起來很不錯，你去吧。」她翻過身，「慢慢來。」

班尼迪克出發上路，他不太知道要去哪裡，反而感覺挺好的。時隔好久，他終於真的一個人了，沒有人找得到他。他沉浸在自然中，意外情緒激昂。空氣仍有明顯的寒意，但這次他穿了羽絨夾克，走一會兒很快就暖了。他最終的目的是去泡溫泉放鬆，不過等他走到河邊，他決定繼續走，往上探索山谷。大白天要迷路很難，尤其還有高山替他指路。

偶爾留點時間給自己、留點時間思考也不錯。不管他吃了多少苦才走到這一步，現在他都毫不懷疑他找到了對的女生。他覺得他們非常匹配；他們真的處得很好，差異點又夠多，不至於無聊。他甚至不介意她毛骨悚然的鬼故事；她的故事自有魅力，雖然他仍無法判斷要不要相信昨晚她說的每件事。祖先因為巫術遭判火刑……好吧，不無可能。想到這兒，他的背脊涼了一下。她撞倒蠟燭真是嚇死人，而且他懷疑不是意外，她是為了——好吧——製造效果刻意碰倒的。她做事難以預料——永遠不知道下一步會做什麼——但現在他只在乎自己愛她，包括她所有的缺點都愛；她終於是他的了。

他迫切需要寧靜，才能思考未來。他長年夢想研讀藝術，最近也給人推了一把。他的大學友人決定申請荷蘭頂尖的藝術學校，班尼迪克受到激勵，也索取了申請表。表格現在躺在他的書桌上，提醒他必須做決定。距離截止日還有一點時間。

他還沒一頭栽進去有幾個原因。首先當然是因為他戀愛了，很難專注在別的事情。不過課程還要快一年才開始，屆時短暫分離也未必會毀了他們的關係。或許他可以找機會提議，看她要不要跟他一起搬去荷蘭，畢竟他們都充滿冒險精神。此外錢也是問題。他們家不算富裕，所以他沒有私人資金能挪用。不過如果他小心一點，靠就學貸款應該可以過活。最後還有他的父母。他是家中獨子，父母老來得子，現在都快六十歲了。或許他潛意識感到愧疚，覺得不該拋下他們。然而如果要說實話，他猶豫不決的真正原因是害怕做決定，就這麼簡單。他這一生總是走阻礙最少的路，就讀父母挑選的大學，參加他們期許的社交活動和運動。今年秋天，他開始攻讀工程學位，因為他跟父母一樣擅長數學。可是就算科目學起來容易，也不表示他在課堂上擠得出一絲興趣。

這個週末，其他新生都在埋頭苦讀，害怕跟不上進度，但班尼迪克打算忘記學業一會兒。反正他覺得自己在工程界也待不久，而且他感到反抗之心蠢蠢欲動。鄉間純淨的空氣意外振奮他；他彷彿終於看清一切，突然清楚意識到，他無法忍受再去上該死的課了。最好還是把數字和算式那種東西留給其他人，其他真正有興趣的人。他只需要鼓起勇氣，面對父母，還有膽小的自己，然後做出他知道對的決定。當然，要是他告訴爸媽他要從大學退學，跑去荷蘭讀藝術，他們一定會大受打擊……想到這兒他幾乎都覺得好笑；他可以想像他們聽到時臉上的表情。可是他們知道他最快樂的時候都是關在車庫裡，把玩筆刷、顏料和畫布。多年來他的嗜好沒變，他們也默默支持，甚至鼓勵他，但仍堅持他應該學習較務實的學科。藝術永遠只能是興趣。

他清楚記得當年上完藝術課，他的老師跟父母談過，試圖說明他們的兒子多有前途。父母說，對，他們很清楚。可是當老師繼續說，班尼迪克這樣有潛力的孩子應該以作畫為業，父母聽了頗為震驚，不過仍禮貌回應。自此以來，班尼迪克就知道他得自己選擇人生的道路，他也知道該往哪裡走，只是缺乏膽量讓夢想成真。

嗯，有她在身旁，或許容易多了……他懷著樂觀振奮的心，抬眼望向群山，這才發現他走得比原定目標遠多了。他心情愉快，下定決心，空氣冷冽清新。他直覺感到這個早晨將來會意義重大，成為某種轉捩點，徹底形塑他的未來。他告訴自己，並且毋庸置疑相信，大家都能主宰自己的命運。等他回家，只要跟隨自己的心就好。

費力爬山後，他在山腳坐下來歇息，但寒氣很快就從地面竄起，穿透他的衣服，滲進骨子裡。他最好繼續走。

不過他不趕時間；他要讓她好好休息。回程路上，他頻繁停下來欣賞風景。他很期待在溫泉池好好泡一泡，錯過太可惜了。他也需要練習過河；下次他們去泡澡，他可不能在她面前像呆瓜跌跌撞撞，再次暴露他是無可救藥的城市佬。

他一面走，一面放任自己幻想未來，猜想他們是否能一起搬去荷蘭，去了又會住在哪裡。他想像運河旁又高又窄的荷蘭房屋，他們住在裡頭的小公寓，那種溫馨的學生套房。畢業後，或許他們可以搬回冰島，最好是搬到雷克雅維克舊城區，他在那兒會如魚得水。

他的心全放在藝術上，現在也放在她身上。

他精力充沛走了一會兒，回到溫泉。雖然石頭跟前晚一樣濕滑危險，這次他保持平衡，順利踏著石頭過河。橫越對岸後，他才想到要是滑倒或扭傷腳踝怎麼辦。他呼救的聲音不太可能一路傳到度假小屋，從屋子也看不到浴池。

他叫自己別多想，脫掉衣服，踏進水裡，蒸騰的熱水與刺骨的秋天空氣呈現美好的對比。嗯，他要多坐一會兒，讓溫泉水包裹他的身體。扁平石板環繞浴池邊緣，細細的溫泉水從一側的水管流進池裡。他往後躺，仰望四周光禿的山壁，橫的長條岩層上劃滿凹痕，秋天植被在低矮的陽光下散發紅鏽色和黃色的光芒。他習慣雷克雅維克的溫泉游泳池，但這可是真材實料：身處大自然中心，鳥兒在頭上鳴叫，還能聽到流水聲，真的無比恬靜。他希望未來他們能定期來訪。

班尼迪克忘了時間。他離開多久了？他擔心太久了。他希望她還沒醒來，等他等得不耐煩。他應該要起來了，但溫泉水似乎拉著他的四肢，害他無法離開溫暖的水池。他告訴自己，爬完山值得多休息一下。她不太可能這麼快就擔心他的去向。

最後他終於起身，小心翼翼不要在濕滑的池底滑倒，或給尖銳的石頭割傷。

他沒想到要帶毛巾，只能盡量用衣服擦乾身體。他套上濕衣服，全身發抖，有點擔心會感冒，毀了整趟旅程。隨後他再次緊張面對踩石頭過河的挑戰，但興奮的情緒驅使他回到小屋，回到他的真愛身旁。

第六章

瑚達・赫曼朵蒂聽到有人敲門，從辦公桌抬起頭。每天這個時候，大部分同事都回家了，她則一如往常忙著寫報告。她總是待到很晚，但她同意只領固定加班費，因此勤奮努力並不會為她帶來財務上的好處。不過對她來說，盡可能做好工作很重要；她生性好勝，覺得要盡力表現得比別人好，從不把任何事當作天經地義。她知道警探是好工作，但薪水很差。她等不及想晉升到刑事偵查部的下個職等，才能接觸到新的機會。

她忘不了以往的人生多掙扎，不只是她母親，還有與她們同住的祖父母。小時候，他們必須看緊每一分錢，省吃儉用多少也妨礙到他們的生活。母親和外公做過一連串低薪的苦工，外婆則是家庭主婦。但小小年紀，瑚達就偷偷懷抱野心，長大要逃離貧窮的陷阱，因此受教育至關重要。她抵擋來自各方的壓力，沒有馬上出社會工作，支付自己住在家的開銷，反而繼續讀書，高分通過畢業考，同一學年只有少少幾個女生做到。當時她是全家教育程度最高的人。她有考慮過去念大學，但結果不了了之，因為外祖父母不再退讓，告訴瑚達她該離家自立自強了。母親為她起身反抗，但火力微弱。或許她已滿意女兒現在的成就：畢竟通過畢業考不是小事。部分出於機運，部分出於固執，瑚達的職涯很快走向警界。她和同學翻看求職廣告時，注意到「警察」的暑期打工職缺。瑚達的同學說她們不用想了，警方顯然不會招收女生，激得瑚達反駁，辯稱她錄取的機會跟大家一樣。為了證明她的論點，她提出申請，還真的錄取了。打工後來成了正職——她工作期間開了幾個缺，警方很難忽視她的申請——她在雷克雅維克警長辦公室完成訓練，接著進入犯罪調查部門，最終成為刑事偵查部的警探。她的上司史諾利是老派警探，寡言但堅持，對現代科技敬謝不敏。現在他站在辦公室門口。

他客氣地問，「瑚達，可以說句話嗎？」他的態度總是有點僵硬，天性不算友善，但他也從來沒罵過她，不像他對待其他資淺的警員。她認為她知道原因：他把她當作女人，不是同事，沒有認真看待她。

「嗯，當然可以，請進。其實我正要離開。」她看看四周，掃視桌面，希望幾小時前就走了。桌上擺滿一疊又一疊的報告和文件，瑚達花太多時間分析這些資訊了。桌上只有兩件私人物品，一張汀瑪和一張勇恩的照片。前者最近才拍，後者則是舊照片，她和勇恩剛認識時拍的。照片中他留著長髮，身穿無比過時的七零年代服飾，顏色炫目。勇恩以前都這樣穿，跟如今一九八七年忙得不可開交的上班族判若兩人。兩張照片都面向她，沒有展示給訪客看。

史諾利沒坐下，繼續站著，等兩人陷入沉默，他才重新開口，彷彿要給她機會完成手邊的工作。

「我只是想確認妳——當然還有妳先生——在星期五的大活動前，絕對會來我家？」依照慣例，年度警方派對前，史諾利邀請組員先到他家喝酒。雖然瑚達覺得這個活動無聊透頂，她依舊每年盡職出席，還拖著勇恩陪同，不過他老是站在角落，根本不社交。她希望他能更積極參與她的工作，更努力認識她的同事。

「當然會呀。」瑚達說，「我還沒回覆嗎？抱歉，我一定忘了。」她意識到現在或許時機正好，可以問史諾利一件她在想的事。「對了……」

「怎麼了，瑚達？」

「我聽說埃米爾要退休了……」

「對，沒錯，畢竟他也不年輕了。他走了會是警局很大的損失。」她遲疑一下，尋找適當的用字。「我在考慮申請他的職位。」

史諾利看來一臉擔憂，顯然沒料到這件事。

「喔，是嗎？」他終於喃喃說，「瑚達，妳說真的？」

「我覺得我的資歷很充分——我了解這份工作，又有經驗。」

「當然，當然。雖然妳還年輕，不過沒錯，妳確實有經驗又可靠，不用懷疑。」

「我其實快四十歲了。」

「啊，也是。好吧，在我看來還是很年輕，瑚達，而且……好吧，還有一段距離才到……」

「等他的職位開缺，我打算申請。最終不是你決定誰錄取嗎？」

「呃，這個嘛，對，我想……嚴格來說沒錯。」

「我可以指望你支持我吧？你手下其他警員的資歷都沒有我長……」她其實想說：**沒有我厲害**。

「沒錯，完全沒錯，瑚達。」短暫尷尬的停頓後，他補上：「不過我聽說利德許也打算毛遂自薦。」

「利德許？」雖然他們不常共事，但瑚達對他的評價不怎麼樣。他態度唐突，有時粗魯，但不可否認他能拿出成績。即便如此，瑚達的經驗豐富多了，他總不可能構成多大威脅。

「對，他非常積極。」史諾利說，「他已經找我談過這個職缺，還……分享他覺得哪裡可以改善，他會怎麼負起職責。」

「可是他才剛加入這個部門。」

「不能這麼說，而且年資不代表一切。」

「你這話什麼意思？你是說我不應該申請嗎？」

「瑚達，妳當然可以申請。」史諾利看來坐立難安。「但私下跟妳說，我有預感利德許會錄取。」他微微一笑，告辭離開。瑚達知道這事沒得商量了。

第七章

「真是有夠浪費時間，為了一個蠢女孩，大老遠跑來這兒。」伊薩菲厄澤警局的安德烈督察告訴身旁剛進警隊一年的年輕菜鳥警員。

安德烈數不清他在職幾年了。近來每件事似乎都令他精神煩躁，雷克雅維克那名女子打來的電話也不例外。她在找女兒——先說喔，是個已經成年的女兒，都二十歲了，有沒有搞錯。安德烈不理會那名女子，唐突地說他不懂一個大人怎麼可能走丟。他頗佩服對方面對他粗魯的態度仍保持禮貌，耐心解釋她好幾天沒聽到女兒的消息，很不像她。這家人在莫伊峽灣的黑達魯許有一棟度假小屋，距離伊薩菲厄澤車程一到兩小時，女孩有小屋的鑰匙。她想問伊薩菲厄澤警局如果有人經過，能否開上山谷，查看小屋有沒有人。

安德烈簡短回覆她，替人跑腿不是警察的工作。然後他不情願地說，晚一點他大概可以親自去一趟，反正他本來就要去那個方向。其實沒這回事，但那天很閒，他想說不如開車帶新人出去，省得坐在警局無聊擺弄手指。不過他可沒忘記沿路狂發牢騷，壞天氣只給他更多理由抱怨。

安德烈再說一次，「有夠浪費時間。」

菜鳥喃喃回應。他不太說話，畢竟每次開口，安德烈都習慣氣呼呼回話，譏笑他缺乏經驗。

安德烈握有實權，還有多年執勤經驗，誰都不准忘記。他成天都在自我吹噓。新人不知道安德烈跟當地合夥人新創的水貂農場經營失敗，他賠掉畢生積蓄，被迫只得求助高利貸。近來他的警察薪水有太大一塊都拿去還給那個混帳了。

他們沿著曲折的沿岸馬路開進開出六個峽灣，終於來到山谷。安德烈繼續往前開，直到沒了路，卻依然沒看到任何建築物。他一面嘟囔抱怨，一面下車，命令菜鳥待在原地，自己頂著風雨徒步前進，直到度假小屋終於出現。

他低聲喃喃說，「總該沒錯了。」

他受夠冰島的天氣，還有嚴酷的西北角一成不變的單調生活。夏天太短又太冷，現在秋天都到了。他有個老同學每年冬天最糟的幾個月都跑去西班牙避寒，但安德烈只能夢想這種享受。他的日子都耗在沿轄區內無數的峽灣來回開來開去，應付手上這種無意義的應召出勤。如果女孩想逃離一切，在西峽灣區的隱蔽山谷待上幾天，誰能怪她？

小屋是老式A字型建築，窗戶不在側牆上，只在大門兩側，背面牆上應該也有。安德烈大步走過去，漠視風雨的攻擊；他碰過更糟的天氣。他敲敲門，等了一下，但沒人應門。現在想想，他在山谷裡都沒看到車子，所以屋內幾乎不可能有人。他又敲了一次門。

依然沒人回應，但他不願意馬上放棄，便從窗戶往內瞧。玻璃老舊模糊，很難看清楚，但安德烈已經判定裡面沒有人。他老早就認定跑這一趟徒勞無功，但他還是大老遠跑來了，或許只是為了接下來幾週有事可抱怨，吐槽那些城市佬多麻煩。然而這時他看到了，或者他以為他看到了什麼。

是他眼花，還是有一具屍體躺在地上？

他幾乎不敢相信，但他的視力沒問題。

天哪。

他必須進入室內，才能靠近看。他思索他的選項。打破玻璃，還是破門而入？他做得到前者，後者則需要費點力。這時他想到可以轉轉看門把，結果——誰想得到？——門打開了，釋放出一股惡臭，害他踉蹌後退。

搞什麼鬼？

他快步朝警車跑去，揮手要新人下車過來。

「你得守在外面，」他告訴他，「我要進去。」

當他們走到小屋，年輕人震驚地問，「那……那是什麼味道？」

「小鬼，那個呀——那是死亡的味道。」

第八章

即使是安德烈這種老鳥，看到眼前的景象也深感震驚。不過這種事，人永遠不會習慣。

女孩的屍體躺在地上，雙眼駭人地睜得老大，頭下有一灘乾掉的深色血跡。

安德烈立刻推測她一定是往後摔倒，或遭人推倒。他打了個哆嗦，只希望她走得快又不痛苦。依照母親的描述，他判定這就是她失蹤的女兒，真是不幸。他向上帝禱告，希望是別人去告知她消息。

門外突然傳來聲音，讓他一時分心。他四處張望，看到新人大吐特吐。他忍住衝動，沒對他開罵；現在不是時候。況且他們也幫不上忙，女孩明顯死透了。不過安德烈還是彎下腰，檢查她的脈搏，因而發現屍體摸起來很冷。可憐的孩子一定躺了好幾天。

到底發生什麼事了？

是意外嗎？他很困惑沒看到車。她不開車怎麼到這裡？合理推論，一定有人與她同行。可是他們為什麼沒通報她死了？他腦中浮現另一個可能——謀殺。在他的轄區？不會吧。

他知道調查沒他的份。不過仔細想想，他對謀殺案調查毫無經驗，這樣或許最好。他負責的區域好多年沒發生謀殺了，說實在話，整個冰島過去十年他都想不出幾件。不過他至少知道必須小心，不能破壞任何證物。

當然也可能是意外。不過安德烈有種不祥的預感，這裡發生了可怕的罪行。

第九章

維圖利帝一夜輾轉難眠，很早就醒了。才清晨六點，家裡一片寂靜。近來睡夢和清醒的界線越發模糊；一切似乎都蒙上薄霧，把白天變成黑夜，黑夜變成白天。十月快過了，即使這陣子天氣好得不尋常，外頭幾乎永遠一片黑，至少他這麼覺得。

維圖利帝和妻子維拉住在雷克雅維克南方的通勤小鎮科帕沃於爾。他們的雙層公寓介於獨棟房屋和公寓大廈之間，當初買下時，維拉的評語是「很理想，家人都有充足的房間。」房子確實寬敞，共有地上兩層、地下室，以及面南的陽台，後方還有共用的花園和遊戲區。

維圖利帝在小會計師事務所工作，不過目前他在休假，因此醒來沒能馬上確定今天星期幾。他想應該是星期三或四吧。他們懶得設鬧鐘，因為維拉也在休假，她是鎮上銀行的出納員。

他大可睡晚一點，至少睡到兒子必須起床去大學。學校願意讓他休息更久，但他堅持要表現堅強，一週後就回去上課了。父母試圖勸退他，但沒有用；兒子總是我行我素。他自立自強，專心致志，非常聰明。夫妻倆都同意，他將來會成大事。

維圖利帝閉上眼，想再回去睡，卻又害怕夢境可能等著他。現在他時時刻刻都很疲憊，無夢的睡眠是他能想到最棒的享受。他躺了一會兒，卻毫無幫助，他非常清醒。他需要做點事，否則思緒會開始失序，帶他到現在不想去的地方。

他盡可能小心起身下床，努力不要吵醒維拉，幸好她看來難得睡得很沉。他站起來時床墊微微作響，她扭了一下，但沒有醒來，他鬆了一口氣。他們至少有一人能睡覺總是好事。

他打算下去廚房泡咖啡，但仔細想想，又擔心太大聲。他躡手躡腳走過走廊去查看兒子。兒子的房門一如往常關著。

維圖利帝非常小心打開門，探頭進去，只為了安撫自己一切都正常。嗯，兒子躺在床上，沉沉睡著。維圖利帝露出笑容，又關上門。他當然沒必要擔心，但他們現在的生活就是這樣了；他們永遠都很焦慮。

天哪，他需要咖啡因才能讓身子開始運作，但他渴望來點更烈的東西。目前他還沒屈服於誘惑，真是不可思議，顯然他不知道自己內心擁有如此堅毅的力量。他念書時首次接觸酒精，但他一直自認有辦法控制自己。然後他認識了維拉。雖然她不喝酒，她倒不排斥他偶爾喝一杯，但多年來，他喝的量翻了好幾倍。到頭來，酒癮開始嚴重影響他的工作，不只一次害他差點丟了飯碗。他試圖隱瞞維拉，但她當然看穿了他的欺瞞。然而他沒有認真正視問題，好好戒酒，反而只是減少飲酒量。

可想而知，遲早他會把問題帶回家。他開始習慣有機會就在家偷偷喝酒。他在玩火，最後下場不會好看。不出幾個月，酒精就佔據維圖利帝生活中最重要的地位，把他的家人擠到第二位，導致家裡各種衝突，甚至威脅到他的婚姻。他會在妻兒面前公然喝酒，偶爾大發脾氣，不過他從未訴諸暴力；這是他的底線。然而他的行為早已踩了無數的線，於是維拉下了最後通牒：他要不去戒酒，不然就搬出去。選擇很容易，執行卻很痛苦：他絕不會讓酒毀了他的婚姻，所以他當然選擇接受治療。可是從血中排掉酒精，從靈魂驅逐嗜酒的渴望，是他碰過最艱難的挑戰。更糟的是，維拉非常以家裡的狀況為恥，不願告訴朋友他去戒酒中心；他們必須盡力維持表象。然而鄰居不可能沒聽到他們家傳來的尖聲大叫，有時維圖利帝徹夜狂飲在深夜回家，總感到好奇的視線躲在陰暗的窗口看他。他疑神疑鬼想像鄰居在飄動的窗簾後竊竊私語，議論住在隔壁的酒鬼，還有他的家人多可憐。

其實不能算是疑神疑鬼了；他很肯定他去戒酒中心時，謠言早在社區傳開。有些人猜中他離開的原因，八卦終究傳到他和維拉耳中。維圖利帝受夠這些花招，便問妻子為何不說實話就好。她看著他，彷彿他瘋了。對外維持完美的表象比什麼都重要。

他終於成功戒酒回家那天，大家都鬆了一口氣。家人親切歡迎他，維拉像是變了一個人，彷彿卸下肩上的重擔。隨著時間過去，維圖利帝發現他確實可以滴酒不沾。戒酒成效實在太好，導致他開始思索偶爾啜飲幾口是否沒關係——當然要適量，而且不能給人看到。他考慮了一陣子，才在獨自在家的一個週末嘗試。目前還沒有人發現。他很小心，只在週末獨處時喝酒。偶爾是家人出門只有他在家，不過若能整個週末外出不引起懷疑，他也會去別處喝。這種小旅行有時勉強能跟工作綁在一起，但有時他得編造善意謊言，才有理由出城。然而他不能太常冒險，因為維拉絕不能起疑。這些時候，他通常會去西峽灣區，到他們鳥不生蛋的度假小屋，讓一瓶酒陪他——或應該說好幾瓶。他處心積慮在屋內各處藏了幾瓶酒應急。

他知道聽起來很矛盾，卻還是試圖合理解釋他的欺瞞。他辯稱能騙得這麼順利，等於證明他能控制飲酒，因此繼續下去沒問題。他這麼自制，就表示他不是無可救藥的酒鬼。

然而現在他對烈酒的渴望無比強烈，但他必須忍耐，必須等待適當的時機。一大清早，他連泡咖啡都可能吵醒妻兒。該死。

維圖利帝幾乎是踮腳下樓到起居室。房間整齊乾淨，神奇地一派寧靜，彷彿什麼都沒發生，彷彿他們的世界沒有分崩離析。

看來今天會是美好的秋日。維圖利帝穿著睡衣，打開陽台門探頭出去，呼吸新鮮的早晨空氣。這麼早，社區安靜極了，一個人都沒有，也沒有幾台車，只有遠方微弱的車陣聲。他無視寒意站了一會兒，僅僅孤獨一人聆聽寂靜，看進黑暗，就能感到一絲安祥，他渴望已久的平靜。

接著他回到樓上，打算再躺一下，看能不能多睡一會兒。他才走進臥房，躺上床，就聽到有聲音毫無預警劃破寂靜。

維圖利帝嚇了一跳，心臟狂跳。他又跳下床。

剛才是門鈴響嗎？這麼早？

他僵在原地一會兒，迫切希望他聽錯了。

門鈴又響了，這次響得更久。不會錯了；有人在門口。維圖利帝趕忙下樓，但他花的時間似乎長得奇怪，彷彿以慢動作前進。現在外頭的人真的在捶門了。維圖利帝感到心跳加速。到底發生什麼事了？

他來到門口，正要開門，卻聽到身後的聲音。他轉過頭，看到維拉站在樓梯口，仍身穿睡衣，半睡半醒。

「維圖利帝，怎麼回事？」她焦慮地問，「有人在敲門嗎？現在這麼早，怎麼……又出事了嗎？」她的聲音顫抖。「都還好吧？不是……不是……？」

維圖利帝趕忙回答：「嗯，老婆，他沒事，他還在床上睡得很熟。我不知道誰在外頭吵，我這就去看看。」

門外又傳來一陣敲門聲，比先前還大聲。

維圖利帝打開門。

第十章

維圖利帝走出門外，看到兩名穿便衣的男子。他馬上認出是調查女兒死亡案件的警探。憂慮的情緒襲捲而來：他們這個時間來，不太可能有好消息。

他穿著睡衣站在那兒，好一會兒說不出話，感覺蠢極了。於是他清清喉嚨，啞聲擠出歡迎。

他回頭看。維拉仍站在原地，動也不動，好像不願意靠得更近。

兩名警探中較年長的那位說，「早安，維圖利帝。」他叫利德許，一定才三十歲出頭。「我們可以進來一下嗎？」

維圖利帝退到一旁，警探踏進玄關，但似乎不打算走進來。

「你們要……進來起居室嗎？」維圖利帝怯懦地問，「我們可以……泡咖啡……」

「不用了，謝謝你的好意。」利德許說完，接著轉而對維拉說：「很抱歉這麼早來打擾，也很抱歉要……呃……」

這回換他不知道怎麼說了。

這時維圖利帝聽到樓上傳來聲音。他抬起頭，看到兒子出現在母親身旁，站在樓梯口，睡眼惺忪，頭髮亂翹，只穿著內褲。

「怎麼了？」兒子問維拉。「媽？他們來做什麼？」她沒有回答。「爸？」他轉向維圖利帝，一臉恐懼。

一陣尷尬的沉默後，利德許說，「我們必須請你跟我們來一趟。」

維圖利帝還看著妻兒，因此花了一會兒才意識到警探在跟他說話。

他轉過身。

他問道，「誰？」

「你。我在跟你說話，維圖利帝。」

「我？你要我跟你們走？現在？你知道現在幾點嗎？」他努力維持冷靜。

「對，你必須跟我們走。我們知道現在很早，但情勢逼人。」

「什麼意思？為什麼？」

「抱歉，我不能在這裡說。」

較年經的警探稍微後退，不發一語。

「我……我……」維圖利帝支支吾吾，不確定該如何反應。他想不透怎麼回事。

利德許用專橫的口氣說，「來吧，別拖了。」

「我……等一下。先給我們時間好好梳洗，送兒子去上學。」

「對不起，你必須現在就跟我們走。」

「可是我得……這應該由我決定吧？」

「可惜不行，我們是來逮捕你。」

「逮捕我？你瘋了嗎？」他提高聲量，自己都嚇了一跳。「逮捕我？」他又喊了一次，聲音迴盪在安靜的早晨。

他可以聽到維拉在哭。他轉過頭，看到她臉上驚恐的神色，淚水流下她的臉頰。「維圖利帝！」她驚呼，「維圖利帝……？」

兒子大聲插嘴，「你們不是要逮捕我爸吧？」

「呃……」警探遲疑了一下，顯然不確定怎麼跟兒子解釋。「你爸爸必須跟我們來一趟，到警局正式做筆錄，就這樣。」然而一聽就知道不只這樣。

「沒事。」維圖利帝說，視線在妻兒之間擺盪。「沒事。」他自己其實也不信，但他必須為他們努力。

兒子叫道，「不行，你們不能帶他走！」他仍不知所措站在後方，明顯疲憊又困惑。

「沒事，兒子，沒事。」維圖利帝安撫他，又回過頭面對警察，對年輕警員動之以情，「我總該能換衣服吧？你不能指望我穿睡衣去警局。」

警探瞥向年長的同事。對方將沉重的手放在維圖利帝肩上，替他回答。「抱歉，沒辦法。你現在就要跟我們走，稍後我們會送你的衣服過來。其他警員在外面，你在警局的時候，我們要搜索房子。」

「搜……搜索我們家？」聽到這話的瞬間太可怕，維圖利帝以為他要昏倒了。他閉上眼睛，深吸一口氣，試著冷靜下來。他必須站穩，在妻兒面前維持勇健。

維拉叫道，「你們不准帶他走！」她拖到此時才從嚇呆的狀態驚醒，衝下樓來。年輕警員擋住她，她試圖把他推到一邊。

「老婆，冷靜一點。」維圖利帝說，「別把狀況弄得更糟」

他的兒子跟著下樓，用力推開年輕警探。「別碰他！別碰我爸！」

大門還開著，利德許護送維圖利帝走出門，來到階梯上。他迎來陰暗的早晨，看到門前停了兩輛警車。他走下階梯。利德許實在沒必要緊抓他的手臂，他難道以為身穿睡衣的居家好男人會試圖逃跑？維圖利帝覺得丟臉極了。

「爸！」他聽到兒子尖叫。他走到警車旁，回頭一瞥，看到兒子不顧寒冷，只穿內褲就跑下階梯。「放開他！爸！」他大吵大鬧，維圖利帝可以想像街上每戶人家都掀開窗簾偷看。社區和家裡的寧靜都被打破了。一旦親眼目睹，沒有人會忘記一大清早，警察從他們家拖走只穿睡衣的維圖利帝，他的兒子還在一旁放聲尖叫。

大家必然會問：這個人究竟做了什麼？

他知道多數人很快就會妄下結論。

第十一章

維圖利帝的心情在樂觀和絕望之間擺盪。他閉著眼睛，坐在狹窄的牢房裡，無法理解他惹上的這些怪事。過去幾週一定是場惡夢，應該不用多久，他就會醒來，渾身是汗，發現自己安全在家，躺在維拉身旁，一切都會恢復原樣。

他放任思緒穿梭於不可能的想像，一方面幻想更好的未來，一方面拿無法挽回的事實折磨自己。

他花很多時間擔心維拉。警察在她和兒子面前強行逮捕她的丈夫，她究竟會怎麼想？她會認為警方搞錯了——一定是搞錯了——因為沒錯的話，她無法接受；就是不可能。還是她得出不同的陰暗結論？維圖利帝不敢朝這個方向想。

他不知道他被關了多久，警察沒收他的手錶，害他徹底失去時間的概念。早晨一定快過完了，一般人現在應該都在工作……他的思緒再次飄向他們的鄰居。天哪，鄰居做何感想現在哪裡重要，然而……然而他覺得重要。他們在那個社區住了十年，他們的名聲、旁人對他們的看法都很重要。旁人的意見——這回的旁人是鄰居，即使他幾乎不知道他們的名字——就像鏡子，當他照鏡子，他希望能抬頭挺胸，喜歡他看到的影像。但這件事過後，他再也做不到了，他的妻子也是，全家人都要背負他沉重的恥辱。

他努力不要受到囚禁影響，否則一切就沒救了，他還不如立刻認輸。幸好他天生沒有幽閉恐懼症，待在狹窄空間也沒問題，否則他現在的窘境就糟透了。四面牆，沒有窗戶，房門上鎖，任憑司法體系宰割。不行，他必須保持理智，擁抱希望，相信總有一天他會獲釋。

警方問他要不要找律師，他馬上回覆他不認識律師，也沒請過；他完全不知道該打電話給誰。他們說沒關係，可以替他指派律師，他不用擔心要選誰。他考慮了一會兒，才意識到找律師必定看來像坦承有罪。搞不好這還是陷阱呢；假如他決定請律師，警方可能解讀成他形同自白。

第十二章

說實在話，當安德烈收到邀請，要跟雷克雅維克的同事喝咖啡，他感到意外又榮幸。

這次去首都跟之前那糟糕的一天有關。那天他在轄區的度假小屋找到女孩的屍體，現場的景象深深刻進他的腦海。雖然多年來他處理自殺、意外和疏於照料的案件，看過偶爾有老人過世後好幾天、甚至好幾週才被發現，早以為自己不受影響，但謀殺他可沒有經驗。

他已經跟利德許通過電話。利德許是負責調查的警探，聲音聽起來三十出頭，感覺頗為積極向上。

他們約好在摩卡咖啡廳見面，安德烈只聽過這家有名的雷克雅維克咖啡廳。

他提早抵達，點了黑咖啡，坐在窗邊。店裡只有他一位顧客。不久後，一名年輕人走進來，渾身散發不妥協的氛圍，看來喜歡掌控一切。他雖嫌矮，肌肉倒很結實。他直接走過來。

「哈囉，你就是安德烈吧？」他伸出手，緊握住安德烈的手，害他揪起臉。

「對，你好。」

「我看你已經點了咖啡。」年輕人走去櫃台，點了一杯咖啡回來。

「很高興你能來。」他說話的那副樣子彷彿他們是好朋友。

「應該的。」安德烈突然有點不安。現在仔細想想，工作相關的會面約在這兒很奇怪。為什麼利德許沒邀他去辦公室？難道刑事偵查部對他這種鄉下警察來說太高級嗎？他試著忽略自己的懷疑；對方應該只是友善對待外地人而已吧？

「這個案子很難纏，」利德許說，「太可怕了。」

「你說的沒錯。」

「你第一個到現場，場面不太好看吧。」

「這個嘛，我也是有點經驗的。」

「謝謝你同意來雷克雅維克，我知道一定打擾到你工作了。」

安德烈說，「喔，不成問題。」

「嗯，很抱歉非要你跑一趟。你比任何人都能描述現場狀況。」利德許有點敷衍地補上：「可憐的女孩。」

安德烈點頭。他猜不透他們要談什麼。

「不管怎麼講，我們都相信目前羈押的嫌犯沒錯。」利德許繼續說，「調查還算順利，所有證據都指向他。」

安德烈對咖啡杯喃喃說，「嗯，對。」

「我們需要快速結案。民眾不喜歡看到年輕女生慘遭謀殺。我們不習慣這種案件，謀殺案太罕見，大家都等不及想看到結果。」

「嗯，你們做得很好。」

利德許提到，「幸好他忘了他的毛衣。」

「他的毛衣？」

「對，警方在屍體旁邊找到的冰島傳統毛衣，灰色的，領子周圍有黑白色的圖案。沒有人告訴你嗎？我們盡量避免媒體洩漏細節。」

「什麼？沒有，沒有人聯絡我。」

「他把毛衣忘在現場。他承認衣服是他的了，也有證人看到他事發幾天前在雷克雅維克穿著毛衣，因此可以推論那個週末他一定在度假小屋，雖然他堅決否認。你真的不記得看過嗎？」

「不記得了，不過我其實只注意到屍體和那麼多血，很難記得其他東西，畢竟太嚇人了。」

「也是，也是，我可以想像。」利德許毫不動搖。「毛衣是關鍵，因為上面有血。如果你**能夠**記得就太好了，畢竟你第一個到現場。鑑識團隊找到毛衣，但我們想要確認她死的時侯，毫無疑問毛衣就在現場。」

「我能夠記得就太好了？」安德烈擔心地重複一次，「可是……事實就是我不記得。」

「我知道，你說過了，但你記得會比較好。」

「比較好？」

「我們當然還有許多其他證據，整個案子件都定案了——開庭前他一定會自白……但我們還是想確定萬無一失嘛？你是否記得她抓著毛衣，或躺在上面？」

「我跟你說……我真的不……」

「她抓著毛衣——強烈顯示他有罪。要不他們互相扭打，不然就是她想留訊息給我們。」

「抱歉，我真的不知道……」安德烈可以感到呼吸變得急促，他壓力大的時候偶爾會這樣，八成是身上多的那幾公斤肉拖累他了。他滿頭大汗。「可是我——」

「到時候我們會問你。能確認事實毫無疑問就太好了。」

「呃，我不知道我能做什麼。事實就是我不記得。」雖然他年齡較長，資歷較深，安德烈發現面對霸道的雷克雅維克警探，他卻佔了下風。對方的決心令他緊張。

利德許啜飲咖啡，等了一會兒才終於說，「這邊的咖啡不差吧？」

安德烈點點頭。

「我們最近在調查一個傢伙。」利德許說，看來要轉換話題。「他好像是高利貸。你們那邊這種人多嗎？」

安德烈驚呼一聲。他聽懂利德許的暗示，或至少猜到他打算做什麼，雖然他迫切希望自己猜錯了。他一句話也說不出來。

「他真的有夠惡劣，收百分之百的利息，有時候還收百分之兩百。我真可憐跟他牽扯上的苦命傢伙。」

安德烈沒說話，努力控制每條肌肉，不要露餡。

「調查這種案子都會挖出最意料不到的人——你應該懂吧。他借錢給各種不正當的公司，但我們發現一般老百姓也跟他借錢，畢竟身陷財務危機的人總得想辦法自救。當然我們調查時會盡量避免提這些名字。這種案子媒體一定有興趣，所以也不希望報紙報導啦。」

安德烈終於費力擠出，「我看不出來這有什麼關係。」

「喔，也是。只是我聽說裡頭有你的名字。」利德許讓這句話懸在空中一會兒。「你知道這件事嗎？」

安德烈沒有回答。

「我想說你應該希望消息不要傳開。你借了滿大一筆錢吧？」

安德烈結巴說，「有——有財務問題又不可恥。」

「嗯，好吧，你說了算。」利德許站起身。「回去想想吧。我認為伊薩菲厄澤的人還沒聽說，或許也不會影響你在那兒的地位。我不清楚啦。總之，我希望你做證的時候講清楚，我們可不能輕易放掉這個混帳。」

第十三章

安德烈去雷克雅維克正式提供了目擊證詞，但結束後他沒有趕著回家。他心上有很多事。路況還算合理，以冬天來說很不錯了，連開到西峽灣半島的起頭，轉上橫越荒野的高速公路，都沒怎麼塞車。整天下來，世界成了陪襯他思緒的單調背景——白雪、黑岩、灰色大海、灰色天空——但他滿腦子都是他剛做的事，沒把景色看進眼裡。

幾個月前，他與年輕警探利德許見面，讓他的生活天翻地覆。雖然安德烈知道借大筆的高利貸嚴格來說不違法，但他不希望消息曝光。貸款時他就知道他跟惡魔簽了契約，借錢給他的男子非常可疑，來歷不明，又跟罪犯有所往來。安德烈這種受人景仰的督察不該跟那種無賴扯上關係，更別說金錢上依賴他，陷自己於不利。

然而他就是這麼做了，逃都逃不掉。

受人景仰的督察……沒錯，問題就在這兒。安德烈開始工作以來，就致力於建立自己誠實可信、無可挑剔的形象，他維護法律秩序，擔任當地小社群的中流砥柱，參與獅子會和共濟會等各種社團協會，總體來說是個正派公民。這個形象要是毀了，他會痛徹心扉。他不只考慮到自己，還想到他的家人。妻子在家等他，會問他出差如何，是否幫忙把犯人繩之以法。他成年的兒女向來把父親當做榜樣。雖然他現在只有一個孫子，但那孩子好崇拜他。把他們扯進醜聞太不公平了。

他要出庭作證前，利德許又聯絡他一次，告訴他有照片顯示一件冰島傳統毛衣落在屍體附近地上，但警方辦事不牢，所以沒有死者實際抓著父親毛衣的照片。他重申安德烈確認她抓著毛衣很重要，才能證明兩人扭打，或女孩死前試圖暗示凶手的身分。利德許保證如果安德烈做出聲明，他會幫忙跟已收押的高利貸業者談條件，一筆勾銷安德烈的債務，並從調查中刪除他的名字。安德烈不敢相信他聽到的話，但不能否認這項提議很誘人。況且利德許也沒要求他做偽證，至少不是直接撒謊。安德烈確實不記得有關毛衣的細節，但也沒道理懷疑利德許偽造證據。年輕警探應該只是堅決想聲張正義，懲罰有罪的男子對少女做出的可憎罪行——老天，女孩還是他的親生女兒。安德烈不斷說服自己，他是為此才更改證詞，滿足利德許的要求；他只是想聲張正義。然而內心深處，他知道這不是真正的原因，而他就是放不下。他的證詞幾乎是利德許一字一句教他的。他只希望嫌犯會因而自白，因為安德烈越發懷疑：要是警方逮錯了人呢？

他感到強烈的衝動，想重回案發現場，於是他轉向山谷，前往度假小屋。他想要回想他看到的畫面，說服自己沒做錯事，只是替正義鋪好路而已。

停下車後，他沿著積雪小徑緩步走到小屋，滿心希望可憐的女孩沒有死在這兒，案件根本沒有發生。他刮掉玻璃上的霜，跟找到屍體當天一樣，從大門旁的窗戶往內瞧，但這次他什麼都看不到。屋內陰暗淒涼，毫無人跡。不用想也知道，這家人不會再用這間小屋了。或許有一天等大家忘記這起事件，小屋會被賣給不疑有他的城市佬，幸運的買家不會知道發生過什麼事。

謝天謝地，案子結案了，一切都結束了。警方逮捕了凶手：這麼重大的案件，雷克雅維克刑事偵查部不會犯錯，絕不可能。安德烈沒辦法自己調查，但他扮演的角色很小，只是正義之輪中不起眼的小齒輪。他給了簡短的目擊證詞，就這樣，不過他的說詞或許會有所影響。

目前被告在等候判決。跟安德烈談過的警察似乎大多都相信他會遭判有罪，不太需要懷疑。雖然案情令人作嘔，大家卻喜歡討論可怕的細節，藉此獲得病態的快感。警方和檢察官說明的案情包含罕見甚至煽情的元素，大眾的八卦毒舌正好求之不得。安德烈不禁為嫌犯感到一絲可憐，可是如果他相信警方，應該沒道理可憐他才對，但他就是忍不住。不過安德烈最同情他的家人；他的妻子和兒子。雖說他的兒子將近成年，但他在庭上看來好迷惑，好卑微又挫敗。

安德烈從回憶中猛然驚醒，發現他仍站在度假小屋外，吹著刺骨寒風。他不知道他在這兒做什麼，也不知道為何他彷彿在原地生根，腿像鉛做的一樣，動彈不得。他閉上雙眼，重溫他在秋天目睹的恐怖景象。

他越想就越加肯定，他沒有看到那可憐的女孩抓著毛衣。不，否則他會記得。

該死。

他在法庭上撒謊了。更糟的是，在他內心深處，他一直都知道怎麼回事，雖然他試圖唬弄自己，是他現在重返犯罪現場，才逐漸想起細節。

現在得問的是，他的謊言重不重要，他的聲明是否是決定性因素。

如果那名父親遭判有罪，安德烈扮演了多大的角色？

如果他現在回頭，一路開回城裡，撤銷聲明，會造成什麼影響？法官會認為檢方整個案子毫無根據，判定嫌犯無罪嗎？但男子可能犯下駭人罪行……

難怪他覺得雙腿沉重得像灌了鉛。他必須做決定，才能繼續前行。他應該維持現況，還是開車幾百公里回到雷克雅維克，坦承一切？

他能忍受自己撒謊嗎？還是他應該說出實話，承擔被革職的丟臉風險？他的家人會怎麼樣？

直到他在兩者之間做出決定，他不會從這裡離開一步。

第十四章

維圖利帝坐在牢裡等候判決，腦中騷亂奔騰，以至於他只能勉強抓住僅存的理智。

審判結束了。他從被告律師眼中看出他不樂觀，但他仍試著粉飾太平。「正義最終都會獲勝，」他說，「盡量別擔心。」他雖這麼說，但維圖利帝仍忍不住擔心。他的律師一副可憐他的樣子，但每次似乎都急著要走。律師在監獄牆外還有人生，除了維圖利帝的命運，他還有別的事要忙。

維圖利帝只要稍微想到家人，就會忍不住崩潰。監禁生活擊垮他的意志；現在他連過去自己的一半都不如，勉強只能說是自己的影子。幽閉感無比令人窒息，頭幾個晚上他會尖叫醒來，猛捶牆壁，直到拳頭流血。他睡不著，感覺無法呼吸。後來狀況稍微好轉，但還是不可能完全習慣。單獨監禁最糟了，不過現在他待的牢房也好不到哪兒去，擁擠的空間無處可逃。

依照規定，他的家人可以來探監，但他拒絕考慮見客。他無法對上他們的視線。他的羞恥徹底壓垮他；遭到逮捕，被指控犯下如此惡毒的罪行……他一直猜想維拉和兒子做何感想。當然兒子已經十九歲，快成年了，但那天早上當他站在樓梯上驚恐尖叫，父親的心仍感到椎心刺骨的劇痛。

不管判決如何，維圖利帝深深懷疑他的人生能否恢復正常。他與家人的關係永遠毀了，即使他獲判無罪，他們永遠會暗中懷抱懷疑。其他人呢？比方說，他有辦法回去工作嗎？他走在路上還能抬頭挺胸嗎？他能正眼看鄰居嗎？

比起害怕法官的決定，以及要去坐牢的可能，這些擔憂更沉重地壓在心頭。加總起來，他幾乎承受不了，沒有活人能肩負這種重擔。有時候，他只想睡去，再也不要醒來。

第十五章

等到星期五，瑚達早已精疲力盡，但至少她難得週末休假，值得期待。工作榨乾了她；她處理的案子費時費力，有些更是艱鉅磨人。警察工作沒有固定規律，每天早上——或晚上——去上班，她都必須準備面對各種要求或問題，包括暴力事件，甚至死亡案件。多年下來，她學會把家庭生活與工作分開有多重要。

早年她不太懂得公私分離，即使現在，她仍覺得她永遠在工作，永遠在待命，案件無法在當天下班順利收尾，時時刻刻佔據她的心神。但她的底線是不在餐桌或起居室討論公事——其實進到家的四面牆內都不行——因為家是逃離嚴峻工作的避風港。

一開始她塞在週五下午的車陣中，緩慢前進，但等她開近通往奧爾塔內斯的岔路，車流就變得順暢許多，她也能讓新買的斯柯達轎車盡情奔馳。她年初才買車，目前頗為滿意。她第一次買自己的車。直到不久前，她和勇恩都共用一輛車，由於他們決定住得離鎮上很遠，兩人得大費功夫安排，還必須很有耐心。不過勇恩的公司去年表現很好，他們便決定投資買第二輛車。他放手讓她自己挑選，不過當然要在預算內。到頭來，她愛上這輛雙門的綠色斯柯達轎車。

瑚達提前為今晚準備好了：她打算煎的漢堡排已放在冰箱，可樂也是。這份菜單有雙重優點，不僅對先生和女兒的胃口，週五晚上煮也不太費力。飯後三人通常會坐到電視前。瑚達不太看電視，只會陪女兒看。她自己寧可把空閒時間花在室外，從花園眺望大海，或有機會就去爬山。勇恩不是室外咖，但他會盡量配合，任她拖著去高地旅行。

當然汀瑪出生後，這種旅行少了很多；他們可不想帶年幼的孩子去凶險的高地。不過要找保母不難，瑚達的母親從一開始就苦求給她照顧小孫女，夫妻倆讓她幫忙時，她也做得盡心盡力。其實瑚達有時覺得母親跟汀瑪處得比跟她好，比起瑚達和母親，她們祖孫的關係就是莫名親密，友善許多。女兒快十三歲了，這有好也有壞。她更加獨立，但進入青春期也產生問題。汀瑪情緒越發起伏，有時甚至陰晴不定，也不像以前喜歡跟父母在一起了。近來她回家往往直接進房間，甚至會鎖門。瑚達更怕汀瑪也跟朋友斷絕關係，再這樣下去，她可能會脫離待了很久的小團體。瑚達時不時試著坐下來跟她談，但談到最後要不陷入沉默，就是大吵特吵。不過瑚達仍懷抱希望，認定女兒只是在經歷成長的必經階段。

她和勇恩因為工作很少在家，更是雪上加霜。瑚達偶爾傍晚或晚上要值班，勇恩則是工作狂，從早忙到晚，都不管醫生警告他心臟不好。雖然勇恩會記得吃醫生開的藥——醫生非常明確告訴他不吃藥會危害生命——但他完全無視醫生其他的建議，或應該說命令，工作上毫不放鬆。瑚達認為她應該更嚴格要求他，但她多少知道他們舒適的生活幾乎全靠勇恩，畢竟她的警察薪水對家用貢獻有限。她對勇恩的事業了解甚少：她只知道他靠進口貿易賺進大筆財富，再拿錢投資別人的公司，依他的話來說就是「以錢滾錢」。就她所知，他成天都在開會，或跟銀行協商。她不只一次提過他應該緩下腳步——他總該不用日以繼夜監看每一筆投資。他反駁說他非得這麼做，要是他不緊盯著業務，就等於舉手放棄，把錢拱手給人。之後瑚達就不碰這個話題了。

她開上碧綠的奧爾塔內斯半島，離開建設區，經過貝薩斯塔許的白色總理官邸，看到寬闊的湛藍大海延伸到天際。瑚達發現她頗期待今晚，希望能跟以往一樣。她需要分神，不去想當週的案子。值勤時她必須目睹各種可怕的悲劇，有時她覺得駭人的畫面都烙印在腦海中了。

勇恩和汀瑪是她的避風港；看到他們，擁抱他們，就能給她力量走下去。

那天早上，瑚達的母親打電話來。一如往常，她心懷好意提醒瑚達她們太少見面，同時約她這個週末出來喝咖啡。瑚達假裝她必須工作，但其實她只是沒心情見她。她算是喜歡母親，不過她們的關係本來可以更好。她希望她們更親，但她更希望有機會認識父親，可惜她是母親與美國大兵一夜情的產物，看來不太可能了。當年母親沒有膽量告訴對方她懷孕，在瑚達出生後也沒有試圖找他。

不過週五晚上終於到了。瑚達非常期待看電視上的爛電影，好忘卻她的煩惱。

她走進他們在奧爾塔內斯的溫馨房子，卻迎來詭異的寂靜。

「汀瑪？」

沒有回應。

「勇恩？」

她的丈夫叫道：「我在辦公室。」

她走過去，探頭進門。他坐在桌前，背對著她。

「勇恩，老公，你可以別忙了嗎？汀瑪在哪裡？」

他沒有回過頭說，「好，我馬上來。」

「你在工作嗎？」

「對，對，寶貝，有件事今天晚上得處理，滿急的。妳們別等我了。妳有替我們準備晚餐嗎？」

「漢堡。」

「好，留一份我晚點吃。」

「汀瑪在哪裡？她還沒到家嗎？」

「她……呃，她在房間，我想她鎖門了。學校有點事吧。」他還是背對著瑚達。

「又來了？我們不能讓她整個晚上鎖在房裡，天天這樣……」

「寶貝，這只是她成長必經的階段。」勇恩堅定地告訴她，「會過去的。」

第二部

十年後，一九九七年

第一章

達格

室外一片夏意，難得是真正的夏天，溫度升到將近二十度，一點風都沒有。金鏈花開，黃花一叢叢緊密垂下，達格穿越鎮上每個公園都能看到。他一度停下來，深呼吸，吸進雷克雅維克真正夏天的醉人氣味。這時他想起有人說金鏈花有毒。他並不意外：過往慘痛經驗告訴他世道險惡，可能惡毒無比。

走進養老院就像踏進永恆的秋天。每次來訪，他都覺得不起眼的裝潢更加褪色，毛玻璃濾掉陽光，令他憂鬱。他來是因為他關心，但也是出於義務。每次離開回到室外，吸進新鮮空氣，他都會鬆一口氣。不管外頭天氣如何，永遠都比院內沉悶的氣氛好。

他的母親六十三歲，住在這裡算年輕，很不尋常，但也別無他法。她身心俱疲，過去十年穩定緩慢惡化，終於到了這個地步。醫學上無法解釋她哪裡出了問題；她好像就是這麼放棄努力了。

達格快步爬上樓梯，走過陰暗的走廊到她的房間。房間狹小沒有人味，但至少由她獨享。即使風景毫無特色，她依然坐在窗邊往外看。達格總覺得她的視線並非朝外，而是向內，耽溺在美好的老日子，緬懷過往的回憶。

三年前，他不得不送母親進養老院，不只因為他無法再應付照料她，他也必須繼續過自己的人生，打破將他困在過去的惡性循環。他們家裡的寂靜變得無比逼人，他真的無法繼續下去了。

雖然處境艱難，他還是通過了畢業考，天知道他怎麼做到的。畢業後他休息一年，但沒有像朋友去旅行。不，他留在冰島，找了工作，幫助母親重振旗鼓，繼續走下去。那時她仍在銀行當出納員，不過減少了工作時間。起初她心情調適得不差，震驚和壓力反而展現在生理症狀上，從疲憊到各種疼痛都有。這種狀況下，她竟然還能繼續兼職工作，實在了不起。最後她被迫辭職，靠殘障津貼過活。達格意識到家裡的狀況，便決定在大學申請職訓課程。他也預見不遠的未來他需要自立自強，同時金援母親。考量未來發展，他選擇念商，放棄追求不同職涯的夢想。至少現在別想了。

他讀書不特別快樂，但這門學科念起來很容易。他對數字很在行，又能快速思考，因此畢業後進了金融業，一待就是七年，如今是個二十九歲的銀行家；十九歲的達格絕不會相信。

美其名可說他有過幾段感情，但他從沒愛過任何一位女友。不過他想遲早還是得定下來：找個好女人，組成家庭，建立自己的家。目前他仍住在兒時老家，房子對一個人來說太大，他就在裡頭晃來晃去，活在太多回憶之間。然而不知為何，他總是不願去想搬家的事。或許是為了母親著想，雖然他也承認，近來她只有聖誕節和復活節等重大節日才回家。

對，是時候放下，接納過去了。當年沒有人替他和母親做創傷諮商；時隔十年，現在的處置可能不同了吧。那時他們只能自行應付。

最近他變得焦躁不安。他明確渴望成就，為自己打造未來，否則他知道他會一輩子困在沉悶的生活中。這可不行——他不是這種人。或許他會放棄當交易員，試試別的。

他溫柔地說，「哈囉，媽。我來了。」他從公司直接過來，仍穿著西裝，但母親從不評論他的穿著；她八成根本沒注意到。

她打量四處，視線遙遠得令人擔心，但她的眼睛至少落在他身上。他覺得看到一絲過去的她，以前一手支撐全家的母親。

她遲了一會兒才問，「達格，乖兒子，你好嗎？」有時她神智清晰，有時則似乎抗拒現在，退縮到過去。醫生無法提出具體解釋，通常都歸咎於她經歷的創傷——應該說多重創傷。就算她狀態較好的時候，他們之間仍有難以描述的隔閡，達格無法跨越。他感覺得出來她關心他，仍對他懷抱母愛；她只是很難打破過去幾年在身邊建起的防護罩。或許她在裡頭比較快樂。達格確信她會繼續這樣下去，直到最後放棄奮戰。

「還好，謝謝媽。」

「太好了兒子，我很開心。」

「妳今天出去過了嗎？天氣很好。」

她沒有馬上回答，最後才說：「達格寶貝，除了去看你，我其實不太出去了。我在這兒很好。」

「我在考慮搬家。」他脫口而出，雖然他尚未決定要不要告訴她，擔心惹她難過。不過誠實或許最好，況且說出口可能提高他確實去做的機率。

她的反應出乎意料。「我很高興你這麼說，是時候了。」

達格不知所措：他以為她會試圖勸退他。

「我……呃，還沒真的決定啦。」他這才發現他可能把母親當藉口，或許他不想承認，但他其實更難接納過去。他真的想賣掉兒時的家，失去所有回憶，不管是好是壞？不過說實在話，壞的回憶早就侵蝕他的靈魂，成為與他分不開的一部分。

她笑著說，「別為了我拖延。」雖然她的笑容憂傷，一瞬間他卻覺得彷彿掀起面紗，回到十年前，看到過去的母親。

達格沒讓自己掉淚；當年他都沒哭了。過去他壓抑情緒，找到別的抒發方式，然而現在他忽然感到壓下的淚水試圖湧上表面。他趕忙改變話題：「媽，妳感覺如何？都好嗎？」

「寶貝，你也知道我總是很累，狀況沒有好轉，我想永遠不會好了。每次你來拜訪我都很開心，但期間我多半都在休息。」

她一語說中達格的擔憂：母親與養老院的其他住戶幾乎沒有往來。她已徹底脫離原先的社交圈，不管是銀行的女同事，還是學校的老朋友。一切都變了，她關上通往過去人生的每一扇門。她刻意孤立自己，有時達格不禁會想，或許她也促使自己身心健康惡化。她的醫生最常提出的解釋是憂鬱症，但他們開的藥似乎只讓她更加萎靡。

她幾乎完全不提發生的事，彷彿這樣應付無法描述的苦痛讓她感覺好一點。可惜達格還沒找到他的因應方式，但他希望他想到的方法跟她不同。不過永遠說不準，畢竟他和母親共享同樣的基因。他也從來不提發生的事，連朋友都沒說。

「妳一定要照顧好自己。」他說，「不然……不然妳回家吃頓飯吧？」

「兒子，等聖誕節就好。你有自己的人生要過。」

「可是——」

這時他的手機響了。

母親抗議道，「什麼討厭的聲音？」

「媽，是我的電話。」他高聲蓋過鈴聲，從外套口袋拿出手機。

「喔，對，那些……那些手機，沒錯。我不懂你為什麼要帶著到處走，不是只有愛炫耀的人才用嗎？」

「銀行希望聯絡得到我。」

「我在銀行工作時才不是這樣，服務客戶時被打斷，你不會覺得很麻煩嗎？」

他無法想像跟她解釋他在銀行究竟做什麼，雖然他早就意識到她認定他也是出納員，跟她一樣。她在國有銀行工作，股市又是近來的發明，她辭掉工作後，就沒有去了解家門以外的新發展了。證券業對她來說完全陌生。

他接起電話，原來是老友打來的。他們關係仍好，但沒以前親了，彷彿有一朵說不出來的烏雲懸在頭上。

「現在不方便嗎？」

達格環視毫無人味的沉悶小房間。母親一笑，示意他該走了。雖然她態度疏離，他知道她很重視他來拜訪。他無法說服自己待久一點，不禁感到羞愧。

「不會，沒關係。」他對話筒說，站起身來。他親吻母親的臉頰，她將一隻手非常輕柔地放在他肩上。他再次感到眼淚湧上。老天，他怎麼了？

他趕忙離開。

「達格，我在想，」他的朋友說，「你也知道，我們好久沒見了——我是說我們這群老朋友。結果昨天我跟克拉拉在聊，她說亞莉珊卓最近聯絡她，她難得在鎮上，週末可以跟我們見面……」

達格讓沉默穿過話筒，三步併作兩步跑下樓梯，急著想回到室外，呼吸清新的夏日空氣。

「那個，今年就滿十年了……」

「嗯，我知道。」

「我們聊到要做點什麼來紀念——例如老友聚會……」

達格想了一下。通常他會一口回絕，不肯繼續談，但他與母親的對話仍迴盪在腦中。她等於鼓勵他搬家。他必須要斬斷過去；不管有意或無意，他都拖延太久了。

「你們有什麼打算？」

「喔……呃……」

達格感覺朋友沒料到會得到正面回應。

「我可以安排很棒的地點，週末大家一起去，有機會聚聚，就我們四個。」

「在哪裡？」

「你有空嗎？」

達格仰頭看著天空。今天天氣很好，他感到心情好轉，但他知道如果想太久，他又會卻步。

「嗯，我可以。我們要去哪裡？」

「就當作我們給你的驚喜吧？」

有什麼在蠢蠢欲動，空氣中飄散改變的氛圍；他準備要跳進未知的領域了。

「好啊，沒問題。」他回答，「很期待見到大家。」

第二章

即使沒打算實際動身，瑚達．赫曼朵蒂督察倒是一直規劃要踏上這段旅程。她的母親幾個月前過世，要說她因而成行很容易，但只說對一部分，而且她不是去完成母親臨死的遺願；其實正好相反。

瑚達的母親在鬼門關前徘徊異常地久，瑚達也盡可能待在病床旁陪她。她們聊到過去，但母親沒有遺願。到頭來她靜靜逝去，就這樣了。

有時坐在母親床邊看她睡覺，瑚達會努力想擠出眼淚，想感到某種切不斷的羈絆。可是她們不是這種關係，至少對瑚達來說不是，雖然她知道母親的感受不同。瑚達在母親眼中看出她渴望她們更親；她看到微小的夢想，期望母女倆當初沒有走到這一步。

現在世上只剩瑚達孤零零一人。她的外祖父母都過世了，她的先生和獨生女也是。她盡量鍛鍊心神，不要留戀汀瑪和勇恩相繼過世的那段糟糕時光。

瑚達一直打算多了解她的大兵父親，現在終於覺得時候到了。

她的母親鮮少提到他，感覺對他不甚了解，瑚達因而判斷，只要母親在世，就仍需由母親決定是否要去找他，但母親對此事從來沒興趣。現在她過世了，瑚達終於能採取行動。

她手上有的資訊只有那名男子的名字，他派駐在冰島的大略日期，以及他老家所在的州名。

她帶這些資料去美國大使館，擅自秀出她的警方證件。她執勤時偶爾會踩到灰色地帶，但現在她的舉動脫離常規可遠了。

使館人員帶她進辦公室，一位願意幫忙的年輕人答應替她調查。幾天後他打電話來，告訴她兩名男子的名字。他們都叫羅伯，來自同一個州，也都在一九四七年派駐在凱拉維克的軍事基地。

一時衝動，瑚達立刻訂了前往美國的機票。目前她只聯絡到其中一位羅伯。據她所知，另一名男子或許早已過世，所以她跑這一趟可能只會見到父親的墳墓。

第三章

班尼迪克

班尼迪克從椅子起身，走到窗邊伸懶腰。窗外景色沒啥特色，只是面無表情的辦公大樓，以及從早到晚不停歇的車陣。有時關起窗戶還比較好，免得給汽車廢氣熏死。

他的朋友達格嚇了他一跳。好吧，說「朋友」可能有點誇張。他們曾經很親，過往友誼的羈絆也不會輕易斷開，但近來他們只偶爾聯絡，而且總是班尼迪克主動，達格從來不會先找他。他在銀行好像混得不錯，但除此之外仍一蹶不振，他還住在老家，不常外出。達格的老朋友都說一樣的話：他永遠活在過去。

班尼迪克從窗口只看得到車陣和沉重的水泥，但仍不掩今天燦爛的夏日。這種天氣困在室內真浪費。

雖然室外又吵又髒，他還是打開窗，讓一絲甜美溫暖的空氣飄進來。他回到桌前坐下，拿來白紙和鉛筆，放任心思遊盪，開始畫畫。他經常靠畫畫放鬆；有時他甚至要畫完之後才會意識到他畫了什麼。他的動作幾乎沒有意識，全由直覺引導他的筆。

辦公桌的抽屜裝滿這種素描，沒有人會看到。

除了塗鴉，班尼迪克沒有時間能花在藝術創作。他的軟體公司表現很好，眼下也有好幾個令人期待的專案。兩年前，他跟工程課程的三名同學開了公司，後來招了更多員工，但仍在同樣的狹小辦公室工作，不過再一陣子就能搬進更適合的空間了。雖然公司尚未獲利，他們已成功吸引一些富有的贊助人挹注大筆資金，讓班尼迪克和合夥人現在能領到很不錯的薪水。他們打算今年秋天在股票市場上市，投資人都表示頗有興趣。為了準備公司上市，班尼迪克不停跟律師和會計師開會，沒有多少時間能專心做真正該做的事。今年夏天他也沒什麼時間放假，不過到頭來一切都會值得。

至少他可以期待這次去小島的旅行。行程都安排好了，最後一步就是說服達格參加。班尼迪克再次回想朋友意外的反應。他本來認定達格會毫無興趣，嫌棄他的提案很糟，所以他很訝異達格聽起來頗為期待。

十年。

時間過得好快，令人不知所措；有時班尼迪克覺得事情彷彿昨天才發生。他能輕易重溫那一天和後來的日子，幾乎是一幕接一幕，有些對話牢牢燒烙進他的腦海。似乎不管怎麼做都抹不掉記憶，有些他想記著，有些他願意盡其所能忘記。中間這幾年並不好過；持續欺瞞的壓力，承擔難以負荷的祕密整整十年，在在折磨著他。

然而說來奇怪，他卻提議老友到島上聚會。不知為何，他覺得需要讓她的記憶活下去，彌補過錯，即使不管做什麼都無法挽回過去。

他犯了錯，很糟糕的錯，他只能承受後果活下去。「犯錯」——老天，這個字根本不足以描述他做的事。

掀開舊傷，找大家——達格、亞莉珊卓和克拉拉——重聚，必然痛苦，但或許他就是為此努力安排這趟旅行。他多少歡迎隨之而來的痛苦，甚至滿心期待，因為痛苦還能忍受，不像每天結束後，當他躺下睡覺，惡夢便會襲來，固定喚起侵蝕人心的罪惡感。

第四章

飛機開始朝紐約甘迺迪機場降落，瑚達看到傍晚夕陽照亮曼哈頓的摩天大樓，心中湧起了不得的感受。如此靠近這座著名大都市，卻無法進城……瑚達第一次來美國，她有考慮在紐約待幾天，但旅費已難以負擔，城內的住宿價格又高。她可不能欠一大筆卡債，也不能忘了旅途的目的是要確認父親是否還在世。雖然遺憾，她還是直接辦理下一段行程的登機手續，轉機前往喬治亞州。她預計在那兒停留三天。

她千鈞一髮才趕上飛機。冰島出發的班機稍有延誤，瑚達又急著當晚到達目的地，不希望抵達美國第一晚就住在機場旅館，因此沒有預留多少轉機時間。她既興奮又惴惴不安。要是她真的見到父親呢？會是什麼感覺？她要說什麼？她會立刻感到兩人之間的火花，還是會像見到徹底的陌生人？

出發前，她寫信給其中一位可能的目標，說明她來自冰島，旅途會經過他住的州，他們有一位共同的舊識，以前在冰島認識他，不知是否方便代她登門拜訪。他回了一封友善的信，表明他不太記得當年派駐寒冷北國認識的人，不過歡迎她來見他。另一位羅伯行蹤成謎：她還是沒能查到他的任何資訊。大使館保證會繼續追查，但她出發前往美國時依舊沒聽到回音。

轉往喬治亞州的國內班機很順利。她在大城薩凡納降落時已經天黑，不過搭計程車前往飯店路上，她感到熱氣和濕氣，看到優雅的建築和一望無際的樹林。飯店有種古早年代的壯闊氛圍，登記入住時，櫃檯的迷人年輕女孩溫暖地歡迎她。陌生人的善意令她意外暖心，行前——或許現在也是——她有點害怕遠離家鄉，獨自前往不熟悉的城市。

她直接上床就寢，卻又覺得需要陪伴，便打開電視，調低音量，聽著低喃的外語睡著。

她意外睡得很好，隔天早上醒來，感覺像孩子一樣興奮。她難得沒有碰到每晚揮之不去的夢魘。

第五章

亞莉珊卓

亞莉珊卓不喜歡航海。她通常對船避之唯恐不及，因為即使水勢平穩，她還是會暈眩想吐，回到陸地上後，她的內耳平衡也要好幾個小時才能恢復。然而這次她讓克拉拉說服她同行。雖然起初她覺得提案設想不周，但當下的情勢使她難以拒絕。今年秋天就距離事發十年了，雖然這群老友早已分道揚鑣，能夠重新聚首至少表達了對死者的尊重。年少時期他們密不可分，其中四人同年，達格則小一歲。友誼雖然複雜，卻是強烈的羈絆。

當年他們這五人組一起挺過風風雨雨。現在亞莉珊卓還跟克拉拉保持聯絡，但她只會輾轉聽到那幾個男生的消息。達格成了銀行家，想想其實不意外，她可以想像他做這種工作。他向來實事求是，很適合銀行嚴肅的業務。她比較驚訝班尼開了軟體公司，而且根據報紙報導，公司還表現得非常好。她一直以為他絕對會當藝術家，不過也許在千禧年前夕，軟體程式就是新的藝術吧。老友當中只有她不但結婚，還生了兩個小兒子。

亞莉珊卓在義大利出生，母親是冰島人，父親是義大利人，全家在她兩歲時搬到冰島。由於暑假會去義大利跟父親的家人度假，她至今仍能流利地說兩種語言，不過自小就搬到冰島，她一直感覺更像冰島人，不是義大利人。父親在老家是務農的，母親則來自冰島東部的農場，所以亞莉珊卓八成少了航海基因。一堆祖先都不諳水性，她受不了船並不奇怪吧？年幼時期，她和父母與外祖父母住在東部，後來才搬到首都。他們在科帕沃於爾住了超過十年，不過家庭企業破產後，他們只得搬回東部，與母親的父母同住。當時亞莉珊卓才二十歲，也選擇跟父母同行。現在她嫁給一位農夫，夫妻倆跟她的父母同住，等時候到了，就會接手蒸蒸日上的農場業務。農場的生活不錯，但很辛苦，加上兩個小男孩到處亂跑，她幾乎沒有自己的時間。然而這個週末她難得自由如飛鳥，可以和朋友一起尋回青春，遠離家庭的責任。

這是她第一次造訪韋斯特曼納群島。十五座火山島和數不盡的岩柱及岩礁組成壯觀的群島，聳立在冰島南岸外海。那天清早，她和朋友搭飛機到最大的赫馬島，也是唯一仍有人居的島。一九七三年當地火山爆發，島民大舉逃到本土避難，還上了國際新聞。火山爆發持續超過五個月，不過大部分島民後來都陸續回歸，重建城鎮，毫不畏懼火山再度爆發的威脅。現在赫馬島的漁業蓬勃發展，但亞莉珊卓可以看到火山錐依舊一片土黃，缺乏植被，默默俯瞰鎮上的白色建築，頗為不祥。

抵達島上後，他們前往港邊，爬上一艘小漁船。雖然船還停在碼頭，亞莉珊卓已感到想吐的徵兆。她心想，幸好今天海況還算平穩。

「這……這趟旅行一定會很好玩。」班尼迪克開口，彷彿覺得非要打破沉默。以前從來不會這樣：他們五個人在一起，不管是聊天還是不出聲，絲毫都不尷尬。

班尼向來負責帶動氣氛，但亞莉珊卓偶爾會猜想他是生性活潑，或只是假裝。當然如同其他人，那起死亡事件也打擊到他，但就她來看，他的人生除此之外沒什麼好抱怨的。

反觀達格……亞莉珊卓幾乎不敢想像他經歷了什麼。

她問班尼，「所以你舅舅……替我們弄到住的地方？」

「對，他給的同意。獵鳥協會管理島上的小屋，他是會員。一定要有關係才能上島，過去幾年我滿常跟他去。」

亞莉珊卓問，「他什麼時候會來？」

「他不會來。妳以為他會來嗎？我們可不希望他整個週末都在。」

「不是，我是說來載我們過去。」

「沒必要啊，否則他還得再來接我們，太麻煩他了。」

「那誰負責開船？」

「當然是我。」班尼說得一副再自然不過。

他們陷入沉默，直到達格說出所有人的心聲。「你知道怎麼開船嗎？」

「開這種小船不需要執照，」班尼迪克輕鬆地說，「很簡單呀。你們如果不相信我，想退出趁現在喔。」他咧嘴笑著補上，但語氣隱約有點嚴肅。

好一會兒沒有人說話。亞莉珊卓想建議他們放棄計畫，但她忍住了。達格再次替所有人發言：「當然沒有人會退出。你說你去過埃德利扎島？」

「對啊，很多次。別擔心，我只是在鬧你們啦！看，他來了。」班尼迪克回頭指向碼頭。「他會載我們去島上，星期天再接我們回來。船上有無線電，島上也有，我們準備好就能通知他。島上只能靠無線電溝通，所以最好禱告它別壞掉。」

船駛離碼頭，開向港口。班尼迪克的舅舅席格德個性隨和開朗，駕船操縱得宜。

然而亞莉珊卓仍甩不掉不祥的感覺。她是否該說什麼？與其說渡海令她緊張，不如說她對旅途本身有奇怪的預感，沉重冰冷的感受越來越難忽略。他們曾是好朋友，但那是很久以前，他們好多年沒聚在一起了。好吧，她跟克拉拉有聯絡，但她真的還認識其他人嗎？她的思緒飄到兒子身上；那兒才是她的歸屬——跟他們在家，不是跟一群相對陌生的人，自以為能找回青春。更不用說他們重聚是為了那起事件的週年紀念，她光想就不禁打哆嗦。

雖然心生不安，亞莉珊卓必須承認風景美極了。他們駛經停靠在港口的七彩拖網漁船，開出港灣。天氣很好，空中只有一點薄雲，海面平靜，班尼迪克的舅舅開啟油門時，船也反應靈敏。「那是赫馬岩，」他指向左邊，「還有米德岩和依斯迪岩。」他們靠近三塊陡峭的山壁底端，綠草如茵的山尖掛在坑坑疤疤的峭壁上。

船身開始隨海浪起伏，亞莉珊卓僵坐著猛吞口水，緊張地抓著椅子。兩個男生和克拉拉倒是迎風站穩身子，顯然很享受搖晃的動作。

「那邊……你們看！」班尼的大喊蓋過引擎聲，「那是比亞德納雷島，再過去就是埃德利扎島，我們的目的地。背後可以看到艾雅法拉冰蓋。」

她順著他的手指，看向小島令人生畏的形狀，前方海面豎起小島的石壁，陡得不可思議，難以靠近。後方另一座島相對低矮，地貌更為起伏，但四面仍環繞峭壁。她覺得小島看來像某種峰背猛獸，趴著等待他們，抬頭準備出擊。她趕忙低頭，閉上眼睛。

一隻手溫柔觸碰她的肩膀。她往上一瞥，看到是達格。輕微的震顫竄過她全身：過去的回憶、希望、期待。她曾以為五人組會誕生兩對情侶：她和達格，班尼和……不，根本沒必要再想，一切早就結束，被她拋諸腦後了。

「妳還好嗎？」他的聲音和善。

她懊悔地回答，「我在船上不太行。」

她不禁猜想，除了年少時代的調情，他們之間是否能有所進展。當然，現在說什麼都太晚了——肯定太晚了。她非常清楚她的婚姻近來缺乏浪漫火花，或許一開始就沒有。現在眼前有整個週末，能跟少女時期喜歡的男孩——現在是男人了——共處……好吧，不只喜歡，她愛他。難道克拉拉提議週末出遊時，她是因此才同意？平心而論，她確實刻意問了達格和班尼是否會去。

壯闊的埃德利扎島聳立在他們面前，宛如來自另一個世界，像眾神的高爾夫球場；令人目眩的懸崖上鋪著黃綠色草皮，長滿草的斜坡凹處依偎著一棟孤獨的房子。很難想像世上有更偏僻的地方。

席格德回頭瞥向他的乘客，問道，「要不要迅速繞島一圈？」

亞莉珊卓很不想延長航行時間，但看到朋友樂意的表情，她咬住嘴唇沒說話。

他們靠近小島，來到一面壯觀的黑牆底端，牆面滴下一條條白色鳥糞，亞莉珊卓覺得絕對爬不上去。一群海鳥在周圍盤旋，不住尖叫。

「了不起吧？我想主要是三趾鷗和海鷗。」班尼說，「這個地點叫豪拜伊。往上看。」他指向懸崖頂端。「靠近上頭有一個小平台……」

為了配合他，亞莉珊卓不情願地往上瞧，看到突出的峭壁。

「坐在那兒很不錯，」班尼說，「可以感到自己真正活著。」

達格說，「你在開玩笑吧。」

「才不是，我們等一下就過去看。」

亞莉珊卓吞了一口口水。小船靠近岸邊，開始水平搖晃，害她的胃抽動。她悲慘地專心預測每一道打來的海浪，努力不要去想上方令人暈眩的高牆。

「那邊可以爬上去。」班尼繼續說，指向幾乎垂直的陡壁。「你們有看到繩子嗎？」

聽到這兒，亞莉珊卓再也忍不住了。「我們不可能爬那條繩子上去。你瘋了嗎？不可思議，太危險了。」

「我們可以上去。」班尼咧嘴笑著說，「不過另一側過去的路好走多了。」

達格問道，「峭壁頂端——那根柱子還是什麼的東西做什麼用？」

「用來垂降羊隻。」

「羊？你是說上面有羊？」

「對，有幾十隻。農夫會用網子裝羊垂吊下來，一次兩隻。上面有柱子，下面也有，才能把羊運到船上。他們在上頭的柱子和下面海裡石頭上的插銷之間拉起繩索，就能從懸崖垂降羊隻。」

船乘著溫和的海浪，繞過石牆底端突突前進。

「好……」幾分鐘後，席格德說，「我們要試著在這兒送你們上岸。就在那邊，看到了嗎？」他一邊指，一邊努力掌控小船的方向。

亞莉珊卓聞言抬頭看。她本來希望看到登岸碼頭，但運氣不好，只看到一堆大大小小的石頭。

「好，你們得跳過去。」席格德的聲音變得尖銳。

克拉拉驚呼，「跳？」其他人都靜下來。

「對，跳到岸上。我們都叫那塊突出的石板『鐵砧』，你們要跳上去。一點都不難，只要等適當的時機。好，班尼，你先。我說跳你就跳。」他頓了一下。「一，二……跳。」

班尼沒等他說第二次；他奮力一跳，從船飛躍到石板上，勉強穩住平衡。「超級簡單。」

達格跟著做。

亞莉珊卓坐在原地，嚇得全身僵硬，看克拉拉下一個跳上岸。他們似乎都沒問題，但亞莉珊卓的四肢仍拒絕聽話。

她聽到席格德大叫，「快點！」

班尼迪克也跟著叫：「現在，亞莉珊卓，現在！一、二、跳。」

她不給自己時間思考，縱身一跳，剛好跳上顫巍巍的石板。她落地時稍微滑跤，不過達格接住她，扶著她恢復平衡。她腳下終於踩到乾的土地——她心想，如果這能叫土地的話。抵達目的地後，她發現登上無比荒蕪、毫無人居的小島，並不怎麼安全。她真希望自己沒被騙來。到底最後會怎麼樣？

第六章

羅伯的住處距離薩凡納市中心約行車半小時，計程車費可不便宜。他住在一棟單層的迷人木屋，白牆、紅屋頂，加上漂亮的門廊，花園長滿茂密的植栽。氣溫符合熱帶地區，司機說將近華氏一百度。雖然瑚達不知道怎麼把華氏換算成攝氏，她不用算也知道非常熱。汗水沿著後背和身側流下，她祈禱室內能涼一點。

一名老人出現在門廊，叫道，「歡迎，歡迎！」他用美國腔問道，「瑚達？」

他身材高大，有點過重，不過瑚達猜測他年輕時比較瘦。他頂著禿頭，長滿皺紋的臉很友善。

「對，我是瑚達。」由於很少說英文，她一開始說得斷斷續續，不過她跟多數冰島人一樣，雖然不常旅遊，也從未旅居國外，但英文都說得不錯。她耳朵靈敏，很適合學外語，可惜鮮少有機會使用。

她沿著小徑走過去，在沉悶的熱氣中緩慢移動，端詳他臉龐的每一吋。一瞬間，她以為看到一閃而過的相似處，感到兩人的連結，彷彿這個人與她血脈相傳，但她擔心只是自己一廂情願。

「我們進去吧？」他朝她靠近一步，和藹地握手歡迎她。

「好的，謝謝。」幸好屋內清涼多了。

「我太太不在家。」他解釋，「她總是到處跑，不過她比我年輕一些。」他露出微笑，請瑚達在餐桌旁坐下。

她猜測他幾歲，但不想直接問。距離他駐紮冰島已經五十年了，所以或許七十出頭？歲月顯然待他很好，他的動作迅速確實，看來身體也很健朗。

他補上一句，「不過她還是替我們烤了點心。」他離開餐廳，幾乎馬上端著香氣四溢的派回來。

「水蜜桃派。」他驕傲地說，「這裡的人都吃水蜜桃派。」

他替她倒了一杯檸檬水，配派喝。

瑚達咬下第一口，不得不承認她沒吃過更好吃的派。她早就放棄烘焙，近來甚至懶得煮飯，更別說嘗試更複雜的料理了。她一個人住，沒必要下廚。要是以前，她會跟他要食譜，好做給勇恩和汀瑪吃；現在她只能獨自品嘗甜味。

她說，「實在太好吃了。」

「謝謝，我太太很會烹飪。我們不常有訪客，所以有藉口烤東西很棒。看看妳，遠從冰島過來！」

「我相信你知道其實沒那麼遠，這年頭從紐約搭飛機只要五小時。」

「這麼快？」老人似乎很驚訝。「搞什麼，早知道我就該回去拜訪一趟。」

「所以你從來沒回去過？」

「沒有。我只駐紮在那兒一陣子，將近一年，一九四七年。」他的思緒飄回半個世紀前，雙眼逐漸失焦。

「你清楚記得那一年嗎？記得冰島嗎？」

「說實在話，我不太記得了。當年我到處跑，冰島只是許多駐紮地之一。不過我倒記得熔岩平原——四處都是無邊無際的熔岩，地貌非常荒蕪，就像月球，或者我們想像月球的樣子。」羅伯朝她露出友善的微笑。

「除此之外，你對駐紮冰島還有什麼印象？」瑚達感到自己進入警察偵訊模式，彷彿在質詢嫌犯，試圖設計他，要他坦承犯罪。她得控制自己：這對男子不公平。

他搖搖頭。「沒有耶，我想不到了。我就實話實說吧，冰島不是……該怎麼講？——最受歡迎的派駐地點。我記得當初聽說要派去那兒，我馬上就想：我做錯什麼了？」他笑了出來。「當然都是偏見啦，不過妳得承認，當年冰島還沒完全進入二十世紀，跟我習慣的家鄉不同，非常原始，感覺像回到過去。沒有鋪裝道路，建築物非常少，當地人都住活動小屋。當時要說雷克雅維克是小鎮都很勉強，不過我猜現在是大城市了。居民很少會說英文，年輕人倒是在戰爭期間學了一些，我記得也有劇院播放美國電影，讓我有點訝異。顯然佔領期間英軍和美軍對冰島文化產生重大的影響，至少我這麼認為。」

「當時你一定很年輕……」她繼續試探。她意外發現講英文很容易。她在學校學過，但她對英文的理解主要來自電視上有字幕的影集和電影。冰島電視充斥英國和美國節目，老人提到佔領期間的影響，或許現在都還存在。

「呃，對，我想我大概三十歲……」他看似在腦中心算。「對，三十歲。」

「離開妻子一年一定很煎熬吧。」瑚達用上探詢的口氣，心想要是知道他當時是否單身就好了。不過知道也未必能證明什麼：他還是可能在冰島外遇。

「嗯，嗯，沒錯——幸好後來戰爭結束，危機也差不多過了。她很好心，忍受我這麼多年。我跟妳說，我們結婚超過半個世紀了。」

「恭喜。」

「謝謝。」他靜了一下。瑚達還沒時間想該怎麼說，他就用低沉慎重的聲音接著說：「妳在信中說我們有共通的朋友？」

第七章

克拉拉

克拉拉還沒找到人生的方向；至少她這樣告訴自己，試圖解釋為何她三十歲還跟父母住，短期內沒有搬出去的意思。她缺乏正規證照，導致工作一個換一個。她曾找到幼兒園的臨時工作，她挺喜歡，卻也做不久。時不時她會接到店端的工作，頂替別的員工。她也受邀去另一所幼兒園工作，但也只是臨時工。或許一部分的問題在於她碰到好工作時，都不夠努力把握機會。她住在家很舒服，需要什麼或多或少都有，父母又讓她免費住在地下室的公寓。

現在站在島上唯一的房子前，她遙望大海，回想生活簡單的年代。那時她有這群好友，大家幾乎所有空閒時間都泡在一起。他們非常親：她記得曾以為他們永遠會是朋友，彷彿天經地義。

薄雲散去，燦爛的陽光露臉。周遭景致壯觀得無與倫比，但不知為何，亞莉珊卓卻很煞風景。他們拉著固定在石頭上的老繩索，沿著雜草小徑努力爬上粗糙的岩壁後，亞莉珊卓卻不斷抱怨他們不該來，甚至轉向克拉拉怪罪她：「妳不該誘拐我來！」可是克拉拉沒誘拐她；她只是說服她應該跟大家聚聚，緬懷第五位老友的回憶。或許他們選錯了地點，孤立的房子位在無人的埃德利扎島上，距離破敗的道路再遠不過。可是班尼傳來小島的照片時，她立刻感到就是這兒了。如此嘆為觀止、不可思議的地方。

不過現在克拉拉也開始反悔了。或許是意識到他們徹底與世隔絕吧，她突然心生不安，彷彿受困在偏遠小島上，只能透過無線電與外在世界聯繫。

困在美不勝收的風景畫裡。

房子其實只算打獵小屋，位在長滿草的山腳，山坡向上碰到天際，接著垂直墜入海裡。不遠處有另一棟較小的建築，是十九世紀建的捕鳥小屋，班尼說是韋斯特曼納群島上數一數二老的建築。

有人在叫她的名字——八成是班尼。她吸進滿滿的新鮮海風，聽鳥鳴劃破寂靜。她決定要享受當下，便甩掉悄悄逼近的擔憂，回到朋友身旁。

班尼召集大家，宣布要去豪拜伊看看。沒有人反對，不過克拉拉看到亞莉珊卓一臉不悅。

他們橫越整座島，途中偶爾碰到幾頭羊。

班尼說，「走在小徑上最安全。羊會負責踩出路來；他們通常都走同樣的路線。」

「最安全？」達格驚呼，「為什麼走在草地上會危險？」

「到處都是海鸚洞穴，假如不小心踩到，很容易扭傷腳踝，所以要小心。」

克拉拉走在最後，盡可能跟緊其他人。羊走出的小徑老是默默消失，其餘的地面都蓋滿長長的草和巨大的禾草叢，很難走。她腳下的地面開始陡峭往下傾斜。

班尼警告他們，「懼高的人不適合來。」他們接近目的地，便緩下腳步。「跟著我就好。如果覺得頭暈，就抓住一叢草，草根意外很強韌。」

一會兒後，他們抵達豪拜伊。克拉拉眼前出現她見過最驚為天人的景象。懸崖正下方給掏空了一塊，上頭蓋著粗糙的石頭飛簷，看起來像淺淺的洞穴。他們稍早從船上看到的平台突出懸在深淵之上。飛簷下的空間幾乎不夠站四個人，除非走到邊緣，否則無法站直。

「誰想坐在平台邊緣看看？」班尼問他們，「風景很讚，真的會讓你有活著的感覺。不過馬上可能死掉的風險通常都有這種效果，只要踩錯一步就完了。」

達格第一個嘗試，他有點遲疑。亞莉珊卓的表情表明她一步都不打算離開飛簷下方相對安全的位置。

達格回來後，換克拉拉去坐在最遠的盡頭。她遙望大海，抬頭看天，看白鳥飛得好近，伸手幾乎就摸得到。她覺得宛如在另一個世界，體驗如此純粹的寧靜，欣賞無與倫比的美景。她可以看到比亞德納雷島近乎垂直聳立在海中，後方是赫馬島的火山錐，再過去只見大海延伸到遠方的的地平線。接著她越過邊緣探頭往下看，感覺彷彿看進無限，直接面對自己生命有限的事實。她不由自主向後縮，屏住氣。沒有人摔下去還能生還。

第八章

達格

狩獵小屋是一棟俐落的木屋，實際空間大於名稱所示，幾乎像間度假屋了。牆面覆蓋白色鐵皮，屋頂則是黑色。現在與過去在廚房交會，當代電器用品與上個世代的物品比鄰而居，像是老式咖啡壺、古老的日曆，以及七零年代紅極一時的收音機。達格馬上愛上溫馨的氛圍。廚房旁邊是寬敞的客廳，他們四個人在這兒坐得很舒服。牆上掛著獵人的老照片，天花板懸著幾隻鳥類標本，提醒他們小島是動物的國度，人類只是過客。

班尼開口說，「聽說這座島上的鳥比住在曼哈頓的人還多。」目前為止，他們的互動有點尷尬，可見他們四個人多久沒見面了。不過班尼很努力想帶動氣氛。

「海鸚洞穴更是數不完。」

島上沒有清水水源，小屋用水仰賴儲雨水塔，因此他們除了酒和食物，也帶了好幾罐飲用水。他們居然成功帶著所有行李上岸，沒打破任何東西，真了不起。

亞莉珊卓說，「這裡真不錯。」不過她顫抖的聲音露了餡，達格感覺她寧願不要待在這裡。「不過蓋房子應該很辛苦吧。」

「嗯，我聽過當年的故事。」班尼積極把握機會開展話題。「聽說工程非常艱鉅。可以想像吧，要用船把所有木頭和其他建材運來，再拉上懸崖。」

「這裡徹底遠離一切，真的很像冒險。」克拉拉說，「亞莉珊卓，對妳來說應該很不一樣吧？沒有小孩哭鬧。」

亞莉珊卓只回以微笑。

為了打破沉默，達格問，「妳還喜歡住在東部嗎？」

亞莉珊卓沒有馬上回答，後來才說：「喔，還好。」她很快垂下眼，他覺得從她臉上看得出她有話沒說。

他本來打算轉向克拉拉，問她最近在做什麼，卻決定作罷。他很清楚過去幾年——嚴格來說是過去十年——大家都不好過。

達格對上班尼迪克的視線，試圖示意只能靠他延續話題了。

班尼迪克站起來提議，「我們來敬酒吧……敬她？」他指稱的對象很明顯。

克拉拉說，「嗯，好呀。」

她和克拉拉是最要好的朋友。所有人當中，達格和克拉拉跟她最親。

克拉拉問班尼，「你要拿酒來嗎？」

「妳說呢？」

他打開櫥櫃，拿出一瓶威士忌，倒了三杯，然後轉向達格問：「你呢？」促使他們重聚的悲慘事件以來，達格已多年不喝酒。年少時他跟大家一樣會喝，但情勢逼他戒了酒。講明一點，是因為父親坦承……事發的時候……他有喝酒。他其實瞞著家人，偷偷喝了好一陣子。事後達格再也沒辦法碰酒。

有時想喝酒的誘惑很強——或許是遺傳吧——但他不打算重蹈覆轍。他無法得知他的家庭破碎多少能怪罪酒精，但如果沒有酒來攪局，很明顯情況不會那麼糟。

不，今天晚上他要保持清醒，沒有例外。

第九章

「對，沒錯……」瑚達遲疑了一下，思索如何回答他們共同朋友的問題。不像往常，她沒有完全準備好，沒想過該怎麼說。

他說，「如果妳不介意，請問妳幾歲？」

瑚達馬上意識到他想問什麼。

他接著補上：「抱歉問得這麼直接。到了我這個年紀，會覺得對年輕一代可以隨便一點。」

「當然沒關係，我的年齡不是祕密……我今年滿五十歲，很重大的一年。」

「可不是嗎？我記得我五十歲的時候，以為人生要結束了，但我錯得離譜。」

他咯咯笑。「妳有家人，有先生和小孩嗎？」

瑚達沒料到他的問題。在冰島老家，她接觸的人大多知道她過去發生的事，知道汀瑪自殺，不久後勇恩也撒手人寰。大家都知道她孤苦無依多年，無疑還會如此繼續下去。她不習慣談論這件事，便迅速決定不要現在對陌生人敞開心胸……反觀她想從他口中挖出多少資訊，這其實有點不公平。

「沒有，我一個人住。」她決定不要多說。

他回答，「啊，現在替自己找個好男人也不遲呀。」

她沒有應聲。

「要不要再吃一塊？」他指向水蜜桃派。瑚達接受他的提議，只為了爭取時間。

短暫沉默後，羅伯替她省了麻煩。

「可能是妳的家人？」他問道，「或許是妳母親？我們共同的朋友？」

瑚達遲疑一下，然後說：「呃……對，沒錯，是我母親。」

羅伯往後靠著椅背。「啊，我想也是。」

他好一會兒沒再說什麼。瑚達按兵不動，希望由他採取下一步。

「妳的年紀差不多。我猜只有這個原因，妳才會大老遠從冰島跑來喬治亞州——離家這麼遠——就為了見我這個老人。我說中了嗎？」

她的心一顫。他是她的父親嗎？時隔這麼多年，她真的坐在他面前嗎？她突然發現自己忍著淚水。

「對……」她怯生生承認，幾乎哽咽到無法說話。

「啊。」羅伯又說了一聲。

「你有……你和我母親……？」瑚達找不到適切的字。

這回換羅伯靜了下來，他似乎也找不到要說的話。

第十章

班尼迪克

班尼迪克感到威士忌衝上腦門，影響遠超過預期。空腹喝酒真是糟糕的決定。

環視這三名少年時代的友人，現在都老了十歲，真是有趣。他和達格有保持聯絡，也盡量定期見面，但達格近來都寧可縮進自己的殼裡。班尼迪克一直相信他們的友誼堅定，能熬過重重難關，但有時他覺得達格不這麼想。他倒是很久沒見到這兩個女生，克拉拉幾乎人間蒸發，亞莉珊卓則搬家了。他聽過傳言說克拉拉老是保不住工作，還住在父母家。誰會想得到？當年她充滿潛力，不管選擇什麼行業，大多數人都預期她會表現優異。他向來以為克拉拉會拿到學士學位，但看來他高估了她具備的幹勁。他果然做了正確的決定……其實不管後來發生了什麼事，他都毫不懷疑這一點。

然而他不能忘記，那起事件多少都在他們身上留下傷痕。不只他們，還有認識他們朋友的每個人。

時隔多年，他們第一次坐在這兒，好好花時間緬懷她。感覺很好，他們早該這麼做了。

亞莉珊卓剛分享一段酸楚的軼事，班尼迪克覺得下一個該他了。

「有一次，」一想起這個故事，他的喉頭就差點啜泣出聲，他只能努力忍住。「她說她們家有個祖先被判了火刑，沒想到慘上加慘，他死後還變成鬼。她發誓跟他近距離接觸過，感到他的存在。」

達格小心翼翼插嘴，「喔，我記得那些……故事。」

這段回憶帶給班尼迪克溫暖，但連帶喚起的記憶也讓他微微打了哆嗦。「她有好多這種誇張的故事——我想大多都是編的，」他繼續說，「但這也是她的魅力所在。」

亞莉珊卓朝他笑著說，「沒錯。」酒精似乎使她健談許多。「她真是個騙子。別誤會了，她撒的謊從來不壞，她只是喜歡替事實加油添醋。」

達格跟著說了一次，「騙子……」他顯然非常清醒，不願放過任何細節。「這麼說有點過份。」

亞莉珊卓尷尬地說，「抱歉，我沒有特別的意思。」

「你們覺得她說真的嗎——我是說她的祖先？」克拉拉問道，絲毫沒有察覺當下的氣氛。她也喝了不少，搞不好比大家喝得都多。「他真的被活活燒死嗎？冰島會做這種事嗎？」

「我也問了她一樣的問題……」班尼迪克停下來，隱約意識到他說太多了。「總之……喔，天哪，我不知道，我不記得細節，太久以前了。」

達格問道，「在西峽灣嗎？」

「什麼？不是。什麼意思？在西峽灣？」

「我知道這個故事。那個遭處火刑的人，他來自西峽灣。你說的對，她跟我講過，在度假小屋……」他強調這幾個字。「她說她在那兒總是怕黑。」

班尼迪克沒有回答。他正打算轉換話題，達格又繼續說：「我都忘記了，想起來真有趣。我想她有點誇大事實，不過誰知道呢？她什麼時候告訴你的？」

「我？」班尼迪克反應慢了半拍，好像他以為達格在問其他人。

「對，她什麼時候告訴你這個故事？」

班尼迪克假裝絞盡腦汁思考。「老天，我都忘了。我只記得有人被活活燒死，這種事可忘不了！」他笑了笑，暗中觀察朋友的反應。他注意到亞莉珊卓在沙發上微微靠近達格，或許是無意的，或許不是。克拉拉似乎完全沒反應，只是盯著空氣，好像在想別的事。至於達格……達格無疑非常專注，緊盯著班尼迪克，眼神古怪。班尼迪克說的故事顯然令他很在意。

然而達格再開口時只說，「十年了……時光飛逝呀，大家不覺得嗎？我們要敬酒了嗎？」

他們向她舉杯——還能敬誰？當然是引領他們重聚的女孩。她和班尼迪克跟克拉拉一路從小學到高中都同班，即使亞莉珊卓跟他們不同校，她們也是朋友。她是達格的姊姊——以前他們都開玩笑叫他「小達格」，因為他小他們整整一歲。她絕不會拋下他一個人。班尼迪克還記得她：生動活潑，有點愛捉弄人，好心腸，對每個人都很好，但非常執著於達成她想要的目標，絕不會受到阻撓。

「我幾乎覺得她跟我們在一起。」亞莉珊卓喝了威士忌有些口齒不清。「你們感覺不到嗎？屋裡彷彿有看不見的鬼魂，讓一切變得更亮——這鬼魂真頑皮，你們不覺得嗎？」看到沒有人回答，她趕忙補上：「抱歉，我只是有點感傷。都是因為喝酒啦，我最近不太喝了。我在農場上都忙著照顧小孩老公，實在沒時間出去跑趴。」

「當然，我也感覺得到，感覺得到她，亞莉珊卓。」克拉拉笑著說，「絕對可以。」

受到克拉拉鼓勵，亞莉珊卓鼓起膽子繼續說：「我不禁好奇她是不是想跟我們說什麼，想傳遞訊息給我們。」

「什麼意思？」班尼迪克問道，聲音不自覺拔尖。「跟我們說什麼？」

亞莉珊卓遲疑地說，「呃……就那個呀。」

班尼迪克沒有回答，他不知道該如何反應。

「你知道嘛，」她重新來過，「或許她想告訴我們發生什麼事。」

聽到這兒，班尼迪克幾乎感到空氣變得凝重，彷彿她的鬼魂真的出現，在埃德利扎島與他們相聚。

克拉拉說，「我不懂妳的意思。」

班尼迪克轉過頭，第一次好好端詳克拉拉。歲月待她不錯，在學時她就很漂亮，長大也成為亭亭玉立的女性。班尼迪克仍覺得她很迷人，但他也知道他們現在不可能有任何發展了。能再次見到老友很好，不過他也慶幸大家最後分道揚鑣。當然他和達格除外。

克拉拉繼續追問：「告訴我們發生什麼事？妳想說什麼？我們都知道發生什麼事。」她的聲音雖小卻很清楚。周圍一度安靜得連針掉在地上都聽得見。接著達格猛然站起來，手中的玻璃杯掉到地上，碎成好幾片。

「我們**不**知道！」他憤怒大叫，班尼迪克不禁猜想他的杯子裡是否其實有酒。突然暴怒非常不像他。

班尼迪克站起身，走過去擁抱他的朋友。

「我們當然不知道，沒有人知道。但你應該懂她的意思：對警方來說，案子結案了。當然我們不用同意警方的看法，我們都能自己判斷。」

達格推開他，力道大到班尼迪克踉蹌幾步。

「**我們都能自己判斷**？班尼，這是哪門子的屁話？克拉拉呢？還有亞莉珊卓呢？妳就坐在那裡，像老鼠似地不出聲。妳都沒有意見嗎？」他的視線像要鑿穿她。

「不是，我是說……我同意你的話，達格。」

「妳是說你們都相信官方說詞？當真？我以為我們是朋友，會彼此互挺。現在你們也要騙我——至少你有，班尼。你！老天，我們是朋友，至少以前是吧。你為什麼要騙我？」

班尼迪克大叫，「騙你？你在胡說什麼？」

但達格已經怒氣沖沖跑上樓了。

第十一章

亞莉珊卓

亞莉珊卓沒能馬上想通她為何驚醒。她坐起身，大口喘氣，一會兒才意識到現在是半夜，在這個季節，室外不會變得更暗。床墊老舊不平，她不舒服地挪動身子。這兒缺乏物質享受，不過大多數旅客八成不在乎，他們跑來小島就是要遠離世俗的一切。亞莉珊卓通常會說自己是鄉下女孩，但她不喜歡這裡。空氣中飄散無法言喻的不妙感受，害她希望躺在家裡自己床上，回到溫暖熟悉的混亂家庭生活，遠離這座小島和這些人。晚上的聚會不歡而散，達格莫名其妙突然對班尼迪克發飆，由於本來氣氛就不熱絡，事後大家也就默默散會了。亞莉珊卓希望新的一天能帶來比較正面的氛圍。

她輾轉難眠，不過最後還是睡著了。然而現在她聽到怪異的哭嚎，馬上知道是類似的哭聲吵醒她。聲音令她不寒而慄，毛骨悚然。她很肯定是女生在哭，克拉拉嗎？

亞莉珊卓坐起身，昏昏欲睡，晚上喝的酒還在血管中流動。她覺得頭暈眼花。隔了一會兒，她才注意到克拉拉沒有睡在旁邊的床上。接著她猛然意識到她害怕極了。到底發生什麼事，克拉拉才會發出如此淒心動魄的尖叫？她完全不想去查，但她必須幫助朋友。

閣樓臥室分成兩個房間，連接的房門關著。男生挑了裡面的房間，她和克拉拉睡在外面。

這時她看到她了。克拉拉坐在角落，幾乎蜷縮成胎兒的姿勢，背對亞莉珊卓。

「發生什麼事了？怎麼搞的？」達格從房間出來，怒目瞪著亞莉珊卓，好像以為是她大吵大鬧。「班尼去哪兒了？」

「他沒有跟你在一起嗎？」

「沒有。剛才誰尖叫？」

亞莉珊卓朝克拉拉點點頭。

達格換用較溫和的聲音問，「克拉拉，妳還好嗎？」

她作夢般緩緩轉過身。亞莉珊卓看到她的臉，嚇得震驚不已。

第十二章

「太太和我……」羅伯說了幾個字，停下來，又重新來過。「太太和我一直生不出小孩，我也沒有跟其他人生兒育女。我在冰島沒有外遇——我一直忠於太太。很抱歉讓妳白跑一趟，但我不是妳父親。妳是要問這個嗎？」

瑚達嘆了一口氣。「對。我……我本來希望是你。」她盡量不要顯得失望。本來就是孤注一擲，但有那麼一瞬間，她真的相信這位友善和藹的男子可能是她父親。當下她才發現她多需要父親，她覺得這輩子都在等待有機會認識他，擁抱他，讓他驕傲……

「妳為什麼認為可能是我？」

「我母親……從來沒跟父親提過我，沒說她生了小孩，沒說她懷孕……」瑚達不得不停下來控制呼吸。

「原來如此。」羅伯接話說，「她叫什麼名字？她還在世嗎？」

「安娜，她叫安娜，不過她過世了。」

羅伯說，「請節哀。」他的口氣聽起來很真誠。

「我一直推遲，因為不想在她活著時出發尋人。很難解釋，但我覺得必須等她走了，我才能插手。這是她的事，是她決定從不試著去找……我父親。」

「很遺憾妳沒找到他，」他好心地說，「至少這次失敗了。不過為什麼妳認為可能是我？」

「她有跟我說他的名字叫羅伯，還有他來自喬治亞州。」

他若有所思地回答，「對，我們有兩個人都叫羅伯。」

「我知道，但我找不到另一個人，所以我才希望是你。還是很高興認識你。」

她緩緩起身。

「我也是。」他笑了。

「你不會……你不會剛好知道他怎麼了吧？」

他搖搖頭。「可惜我不知道，不過我對他印象頗深。我們透過退伍軍人協會保持了很久的聯絡，但我至少十年沒聽到他的消息了。這樣吧，如果妳願意，我可以打電話問一位我們共同的朋友？至少讓我幫一點忙。」

他站起來。

「我這就去辦公室，看能不能聯絡上他。妳趁機多吃一點吧，派放著不會自己消失，我一個人吃完也沒好處。」

第十三章

達格

當克拉拉轉過頭，達格看到亞莉珊卓猛然一縮。他不能怪她。克拉拉臉上掛著極致的恐懼，面如死灰——彷彿見了鬼——即使達格完全不相信鬼的存在。她一定是做了恐怖的惡夢驚醒，放聲尖叫……然而整件事感覺過於巧合，反而古怪。他這輩子沒在任何人臉上看過如此純粹真實的恐懼，她看來好像嚇到要發瘋了。

「克拉拉，妳還好嗎？」他輕柔地問，緩緩走過去，小心不要突然做出大動作。她的視線空洞，似乎看不見他或亞莉珊卓。當達格試著對上她的眼，她好像直接看穿他。

「小乖，怎麼了？來，過來坐下。亞莉珊卓也在，我們聽到尖叫。」

克拉拉沒有反應。

「是妳尖叫嗎？發生什麼事了？」

一兩分鐘後，她聽話站起來，蒼白的臉頰逐漸恢復血色。

達格回頭瞥了一眼，看到亞莉珊卓落在後頭，小心保持距離，幾乎像是不想冒險，以免看到克拉拉看見的……

等他判斷克拉拉恢復的時間夠了，他才問，「還好嗎？」

她搖搖頭。

「妳做惡夢嗎？」

她又搖搖頭。「沒有。」

「發生什麼事了？」

她沒有回答。達格耐心等待，他看得出來她需要多一點時間，平復震驚的心神，才能說話。

她終於用低沉又空洞到詭異的聲音說，「我看到她了，她在這兒。」

達格一陣反胃，恐懼竄過全身。不用問她在講誰了。雖然他知道不可能，疑慮仍悄悄襲來。

「胡說八道！」他忍不住大吼，「快給我醒醒！」

他感到一隻手撫上肩頭，不由自主又打了個哆嗦。他猛然轉頭，差點以為會看到她站在那兒……

第十四章

幾分鐘後，羅伯回到房內。瑚達看他的表情就知道不是好消息。

「我很抱歉，孩子，我很抱歉。」

她問道，「他……過世了嗎？」但她早已知道答案，或許她一直都知道，都感到了。

羅伯點點頭。「對，五年前。我真的很遺憾。」

為了從未謀面的男子之死，她感到難以招架的悲傷。塵埃落定了，她永遠不會見到父親。

她暗自咒罵自己如此可悲，沒有早早就努力去找他。

「我……」羅伯遲疑了一下。「我對他印象頗深。他人很好，非常好。希望這有安慰到妳。」

瑚達點點頭，試圖裝作勇敢，但她知道騙不了人。她忍住淚水，哭不再符合她的個性了。她經歷太多，不會為了根本不認識的人浪費眼淚。

一會兒後，她啞聲說，「謝謝。」

「在我印象中，他個性直接了當。我們是軍中同袍，我都知道他會罩我。」他繼續說，瑚達覺得純粹是為了安慰她：「我發誓，妳長得有點像他。這樣吧，我試著去找一些他的照片，寄給妳。」

「他，呃，退伍後做什麼呢？」

「他成了老師——我想他幾乎一輩子都在教書。不過我也說了，我好一陣子沒聽到他的消息了。但他人真的很好。」他又重複一次。

他的保證沒有特別撫慰瑚達。他不太可能說死人壞話，這種情況更不用說了。她對父親仍是近乎一無所知，或許她應該就此收手。然而她還是敗給了好奇心。「他有結婚嗎？」

「有，不過我知道他太太比他早過世。她英年早逝，大概十五年前吧。我不知道他有沒有再婚。」

「他們有小孩嗎？」

「有，好幾個。」

瑚達想到可以去找他們，她同父異母的手足……不過不用趕在這一趟；不用馬上去。畢竟她不是來找兄弟姊妹，只是希望找到父親。

她把椅子往後推，站起來。「非常感謝你撥空見我，還對我這麼好。」她努力擠出微笑。「你的家很美。」

「很高興認識妳，瑚達。」他也站起身。「如果我還能幫什麼忙，務必跟我說。」

她想了一下才開口問，連自己都嚇了一跳：「你知不知道……或者能不能查到……他埋在哪裡？」

「這應該……當然，我應該查得到。妳不介意等的話，我可以打幾通電話問問。」

「我當然不介意，太感謝你了。」她很羞愧要老人家為徹底的陌生人浪費這麼多時間。

「總比坐在陽台解字謎有趣多了。」他又離開房間。

第十五章

亞莉珊卓

亞莉珊卓安撫他說，「達格，冷靜點。」剛才她小心翼翼碰他的肩膀，他卻突然扭過身，直盯著她，她在他瞪大的眼中看見真正的恐懼。整件事害她嚇破了膽：稍早克拉拉的樣子簡直像僵屍。

說來奇怪，亞莉珊卓發現自己扮起母親的角色，好像在安慰兩個小孩。當然嚴格來說，她的老友都成年了，但她現在才想到，他們也可以說從沒長大。現在回頭看，她搬家離開算幸運了，能跟他們經歷過的煉獄保持一點距離。然而她不安地清楚看出，達格和克拉拉都沒有克服創傷。一旦面臨考驗，他們就像小孩，連冷靜可靠的達格也承受不住壓力。

她難以抵抗衝動，想伸出雙臂摟著他，抱緊他。她知道如果對自己誠實，她八成一直都有點愛他，看來她可能也沒有完全放下，把過去拋在後頭。她是成熟的女人，已經為人妻子，當了兩個小孩的母親，不應該這麼想。可是她感覺又像變回了年輕女孩，像被愛沖昏頭的二十歲少女。

達格轉過身，非常溫柔地握住她的手，她再次感到溫暖舒適的顫慄竄過全身。

「抱歉，我只是嚇壞了。」他深深看進她的雙眼，她覺得看到一抹真正的火花。難道這麼多年來，他也對她懷抱感情？現在才想行動會太晚了嗎？

當然太晚了，然而……

「沒關係。」她等著，希望他不要放手。然而一會兒後，他鬆開手，轉回去面對克拉拉。

「妳說真的嗎？」他問道，「妳真的覺得看到她？一定是惡夢吧。」

「我說真的。」她的口氣清醒，帶著一絲倔強。「我不是覺得看到她，我知道我看到了。她就在這兒！」

達格搖搖頭。

「她想要什麼？」亞莉珊卓問道，心想陪著演戲是否比較有效。

「我不知道她想要什麼。」克拉拉猶豫一下，又繼續說：「某種正義吧……」

直都是。」

達格猛然轉頭：「正義？」

克拉拉點點頭。

「妳是說……呃……她的意思是……凶手另有其人……還是妳是說……？」他支支吾吾，說不出連貫的句子。

克拉拉沒有回答。

「只是惡夢，沒什麼。」一會兒後，達格又說一次，顯然克服了起初的驚嚇。「我們休息一下吧。」

他建議下樓，三人便在廚房舊餐桌旁坐下。亞莉珊卓坐在克拉拉對面，盡量避免直接看她，她的視線還是空洞得詭異。她轉而看向窗外。在明亮的夏日夜晚，景色蒙上神祕面紗，色彩意外強烈。澄澈湛藍的蒼穹俯瞰島嶼四散的深藍大海，以及遠方赫馬岩的剪影。

「我來泡茶吧？」達格提議，「妳們都要喝嗎？」接著他口氣一轉：「班尼死去哪裡了？」

亞莉珊卓點點頭。「喝點茶聽起來不賴。」反正聽到毛骨悚然的尖叫，又聊到鬧鬼，她不可能回去睡了。「你沒聽到他起來嗎？」

「我沒聽到他出去，剛才他還在樓上睡覺。他永遠都蠢得要命，半夜給我們搞失蹤！老天，他跑去哪裡？外面什麼都沒有。」

亞莉珊卓一瞬有點惋惜賠上一夜好眠。她習慣在農場上清晨就起床——小孩是無法忽視的鬧鐘——因此本來期待這個週末能賴床。然而現在她沒辦法躲回樓上，拋下達格獨自陪克拉拉——尤其班尼也失蹤了。她開始有點擔心。他去哪兒了？

於是她坐著，靜靜等達格泡茶。最後他端來三個馬克杯，裝著濃濃好茶。

克拉拉啜飲幾口，似乎活了過來。她終於打破沉默說，「對不起，我不知道怎麼搞的。」

「不用道歉啦。」達格又變回平常和善的樣子。亞莉珊卓心想，他總是散發冷靜的威嚴，彷彿不管面對什麼問題，他都準備好答案。「很不錯吧？」他繼續說，「就像以前，半夜一起坐著喝酒，只不過這次是喝茶。」

「呃，我想我要回去睡了。」尷尬停頓後，克拉拉說，「很抱歉吵醒你們。」

「我看天都快亮了，我就出去四處找找班尼好了。」達格的聲音突然變得愉悅，好像努力想驅散最後一抹恐怖的氛圍。「今天天氣預報不錯，應該會是好天氣。或許我們午餐可以試試烤肉？」

克拉拉站起身。

「兩位晚安。」

她爬上樓梯，消失在樓上

克拉拉離開後，亞莉珊卓對達格說：「我跟你去。」

「跟我？」

「去找班尼——你不介意吧？」

「當然不會。我們本來就該在島上四處晃晃，善用待在這兒的時間。」

第十六章

達格

室外空氣有點涼，但周遭的美景並不因此失色。他開始走，即使不太清楚要去哪裡。班尼說要花三到四個小時才能走完整座小島。

亞莉珊卓問他能不能一起來，他突然覺得彷彿時光倒流十年。十幾歲時，她總是跟著他，但縱使她長相漂亮，個性甜美，他卻對她沒有興趣。後來她與家人搬走，消失無蹤，就這樣了。不過偶爾他會想，假如當時情況不同，他們最後是否會在一起。

「你知道我們要去哪裡嗎？」她的聲音低沉，幾乎像悄悄話。

「喔，可能去懸崖吧，昨天班尼帶我們去的地方。妳認為呢？我們該往那個方向走嗎？」

他們沿著羊隻小徑緩慢前進，跟昨天一樣注意雜草中腳該踩哪裡，但在晨光下難多了。湛藍的天空橫跨頭頂，太陽懸在水平線上，低斜的陽光照亮雜草，在地上投射出悠長的藍色影子。

走著走著，達格發現他想到克拉拉。她說要回去睡覺，但他懷疑她無法闔眼。她到底怎麼了？稍早發寒的尖叫嚇醒他，害他驚恐得無法呼吸。半夢半醒的昏沉之際，他一時混亂，以為聲音來自九泉之下的姊姊……也許是她過世當下害怕的尖叫。清醒後，常識開始運作，告訴他不可能是姊姊，也緩下他狂跳的心。

他希望克拉拉的問題只是單一事件，不會復發。他告訴自己，陌生的環境往往會令人不安，就這樣而已。

他和亞莉珊卓沿路幾乎沒說話，或許他們都在讚嘆周遭神祕的美景。各個小島的藍色剪影從遼闊的銀色大海升起，一點風都沒有，四處彷彿施下寧靜的完美咒語。說來矛盾，身處壯觀的景色之中，環視大海藍天，他卻感到一絲幽閉恐懼悄悄襲來。

他們緩緩穿過禾草叢，走向懸崖。亞莉珊卓走在他前頭幾步。

「那是什麼？」她突然停下來，指向他看不見的方向。

第十七章

瑚達站在墓旁。墓園在高熱下閃爍微光，四處可見天使雕像、異國花束，以及爬滿苔蘚的大樹，跟老家的墓園完全不同。她習慣了冰島的開闊，覺得樹枝形成的厚重天篷有點壓迫。

汀瑪過世快十年了，但她仍會定期去掃墓。勇恩過世也八年了。現在她在這兒，站在父親的墳旁。

羅伯在此長眠。她可說花了一輩子找尋他，然而等到真正採取行動時，她卻搞砸了。她確實找到他，卻太晚了。晚了五年。

或者是母親晚了五年過世。當然這麼講不公平，但如果瑚達能選，她或許寧願跟父親相處一年、一個月，甚至一天，而不是陪伴母親五年。她希望有機會了解他的為人，看他笑，說話，講故事。她也想跟他分享故事，和他聊聊汀瑪。過去幾十年的歲月，父親一直是她幻想的角色；就算只有一夜，他也是母親傾心的對象。他的一部分存在瑚達身上：她的優點和缺陷，她的才能和弱點。

她終於找到他了，就在這塊石碑下。她大老遠跑來見他，現在卻不知道該說什麼。

她終於用冰島話說，「你好，老爸。」她壓根不認為有人會聽到她的話，卻仍覺得要說點什麼。

她和她的父親。羅伯和瑚達．赫曼朵蒂，或應該說瑚達．羅伯朵蒂（Hulda Róbertsdóttir），聽起來更好聽。她現在的父名「赫曼朵蒂」在冰島文其實語帶雙關，可意指赫曼的女兒，或無名士兵的女兒，時時刻刻提醒她沒有父親，不住強調她的損失——假如她能想念從未謀面的人。

「嗨，老爸。」她再試一次。「是我，瑚達，你的女兒。你不知道我存在，但我來了，可惜晚了好多年。我很抱歉，真的很抱歉。」

第十八章

亞莉珊卓

班尼迪克躺在飛簷下方的褐色岩石平台上，動也不動，非常靠近邊緣，令人擔心。

亞莉珊卓僵在原地，達格靜靜站在她旁邊。她瞥向他，兩人一起小心翼翼朝班尼走去。她直覺判定不要出聲叫他，絕對不能嚇到他。

他們靠得越近，亞莉珊卓就越發不安，心中再次湧上深深的不祥預感，覺得他們根本不該來小島。他們想在朋友逝世十周年緬懷她的回憶合情合理，但或許應該各自用自己的方式私下弔念她比較好。悲劇的傷口感覺還是太疼，即使正式結案，還是有太多未了的謎團。其實達格至今適應得如此良好，實在了不起。要說這堆沉重的回憶會壓垮誰，答案應該是他，但他卻奇蹟似的成功走到現在。話雖這麼說，當克拉拉開始瘋狂講鬼，她注意到他變得焦慮。現在吸著柔軟的早晨空氣，昨晚的事感覺遠在天邊，她說的話也顯得荒謬。

達格小聲但堅定地說，「班尼。」

班尼迪克扭都沒扭一下。

「班尼。」他再說一次，「你跑來這兒做什麼？」

班尼迪克驚醒過來。亞莉珊卓一度擔心他會翻身跌下懸崖，嚇得半死。

「你們起來了？」他驚訝地問，「你們都起來了？」

達格重複他的問題：「你跑來這兒做什麼？」

「我睡不著，就決定過來這裡，我在島上最喜歡的地方。我不是第一次晚上來了，不過我一定沒注意就睡著了，八成是因為海上的空氣吧。能遠離一切感覺真了不起，彷彿時間都靜止了。」他露出笑容。

達格說，「班尼，剛才發生了怪事。」

亞莉珊卓待在後頭，不願打斷他們：達格跟班尼親多了。

「克拉拉吵醒我們。」達格繼續說，「她做了很糟的惡夢，尖叫到房子都要垮了。她回去睡了，但我和亞莉珊卓太清醒，睡不著了。」

班尼的視線從達格轉向亞莉珊卓。看他打量她，她確定他沒猜錯：她並不是「太清醒」，她只是想找藉口跟達格一起出去。發生這種事，她也不想跟克拉拉獨處。

第十九章

瑚達坐在辦公室。她從美國返國已經兩個月，生活早就默默恢復原先無聊的規律。

今早她醒來時頭好痛。當鬧鐘響起，她的身體哀求她不要動，再睡一會兒。她下床時昏昏沉沉，雖然隨著時間過去，不適感消散許多，卻也沒有完全好轉。現在快下午五點，她等不及整理桌面，打卡下班。從前她的工時就長，汀瑪離世後她更是埋首工作。女兒年僅十三歲就自殺，今年滿十年了，距離勇恩心臟病發也八年了。那之後瑚達就孤獨一人，鎮日埋首工作，往往加班到晚上，偶有空閒時間就去爬山，或去冰島的荒郊野外，盡可能忘卻一切。

她在晉升之戰輸給利德許也十年了。不過或許根本沒有競爭可言；她自認比較優秀，無庸置疑經驗更為豐富，但或許她從頭開始就沒有機會。當年的警局文化就是不習慣讓女性成為資深督察。自從利德許掌握機會「脫穎而出」，就走上了成功之道，每次申請晉升都通過，穩穩在局內步步高升，反觀瑚達則被迫每一步都要奮鬥。現在利德許爬得太高，甚至取代史諾利的位子，也就表示他成了瑚達的上司。同樣期間，她只晉升過一次，手下只有兩個人。雖然她還沒五十歲，但她強烈感到自己注定只能走這麼遠了。

她最受不了利德許當警探其實頗為能幹。他很懂得做出成績，也知道怎麼自吹自擂。然而瑚達對他的工作方式仍有顧忌：他個性狡詐，表現太過油滑。簡而言之，她不信任他。

多年來，她負責的工作越發專精，現在幾乎完全投身處理暴力犯罪，包括無法解釋的死亡案件，不過後者在冰島相對罕見。不用別人說，她也知道自己工作很在行。或許是因為她可以排除腦中雜念，全神關注在工作上。說穿了，工作是她活著的唯一目的。奧爾塔內斯的房子雖然蒙上幽暗陰影，卻仍漂亮，但勇恩過世後，她才得知他的欠債，只得賣掉房子還債。現在瑚達獨居的狹小公寓位在雷克雅維克常見的「後屋」，這些小建築不靠路邊，反而建在房子後方的院子裡。

她又接了週末的班。今天是週六，如果沒有值班，她會把握機會出城，從首都附近多座小山挑一座來爬，保持身體健康。她經常一個人去，偶爾會加入健行社團，但她不會試著和認識的成員深交。她單身八年，逐漸擔心自己習慣了這種生活，駐足不前，以至於無法想像再談感情。

她同意多接週五到週日的班，因為多賺錢總是好，況且刑事偵查部很難找到人在夏天週末值班。她的同事大多是男生，每年這個時節都得陪伴家人，天氣好的時候更不用說。由於人手不足，利德許問她這個週末能不能「幫幫大家」。她向來好說話，便答應了。雖然風和日麗，她又頭暈眼花，但她其實不討厭加班。原因很簡單，待在辦公室，埋首一大疊文件中，她就能忘記自己一會兒。忘記汀瑪，忘記勇恩。

這個週末看來頗平靜，有利也有弊。由於事情不夠多，無法令她分神，不去思索安靜時分偷襲她的黑暗想法。不過或許事少剛好，畢竟她感覺不在最佳狀態。

今年她過得不好。她不想面對汀瑪自殺十年的忌日，母親過世對她的影響也超乎意料。她甚至破天荒請了幾天假，哀弔她現在孑然一身了。

第二十章

亞莉珊卓

夜幕降臨，亞莉珊卓感覺昨晚的事宛如遙遠的記憶。一定跟喝酒有關。他們配著中餐喝了一瓶紅酒，不斷舉杯敬她。飯後，他們好像至少暫時與過去劃下界線，彷彿未經特別討論，就決定要好好玩樂到週日，專注於現在，忘掉過去的回憶，以及克拉拉令人匪夷所思的夜驚。沒錯，氣氛絕對變得開心多了。

現在亞莉珊卓隔著餐桌坐在克拉拉對面，替她們斟滿酒杯。

那兩個男孩在外面顧烤肉。「男孩」。他們當然不是青少年了，但她想在她心中，他們永遠都是「男孩」。有些事永遠不會變。他們保證快快烤好四塊牛排，卻拖了很久。顯然他們也有事要談，就像她跟克拉拉。

克拉拉說，「我跟妳說，我覺得來這一趟還是不錯。」

「嗯，能出遠門，再次見到你們，真的很棒。」

「不……我不是這個意思。」克拉拉說，聲音突然聽起來很冷淡。「我想是時候把事情說清楚了。」

「妳在說什麼？把什麼說清楚？」

「亞莉珊卓，太多事沒說出來。這些年來，我們避而不談的事太多了。我覺得……」

亞莉珊卓發現克拉拉狀況不妙，她口齒不清，難以專心。不過克拉拉本來酒量就差。

克拉拉下了結論，「我覺得該說出事實了。」

第二十一章

班尼迪克

班尼迪克問，「你媽媽還好嗎？」他站在烤爐旁，等煤炭加熱。晚餐要花一點時間才會煮好，但他們不急。他們獨佔整座島，也沒別的地方可去。他們打算明天早上輕鬆過，然後用無線電通知班尼的舅舅開船來接他們回赫馬島，剛好接上回本土的渡輪。

班尼迪克知道達格母親的狀況，雖然他們幾乎不談。十年前的慘痛事件對她的打擊大於任何人。達格雖給擊彎了腰，但沒有崩潰，可是他的母親無法應付震驚的發展，以及隨後而來的壓力和猜疑。她住進療養院好幾年了，有一次達格告解似的告訴他，她就這麼放棄了。他坦承醫生找不出她身上有任何問題：她就是棄絕了人生，退縮進自己的殼裡。

「我媽……」達格停下來思考。他坐在露台上，背靠小屋的牆。「其實就老樣子。好的時候她會有反應，但你也知道，大多時候她都魂不守舍。我向來不太懂她的問題在哪裡，但現實就是這樣，我也只能接受。你爸媽呢？他們還好嗎？」

「喔，還是一樣霸道又難取悅。我以為念了工程，沒去藝術學校，他們總該滿意了，沒想到現在他們又嚷嚷要我跟你一樣進銀行工作，別再玩電腦了。」他莫可奈何地笑了。

「班尼，我相信你在銀行會表現很好，你比我聰明多了。不過說真的，我很羨慕你的公司。那才是未來，不是嗎？大家都預測資訊科技業會越來越發達，到時候你會大賺一筆。」

班尼迪克聳聳肩。達格說的沒錯，但他聽了其實不感興趣。他感覺自己困在錯的工作，沒有出路，因為他不能讓父母失望。不過要是有機會，他明天就會辭職，轉去念藝術學校——全都為了**她**。然而他知道自己永遠沒膽去做。

「嗯，我想這些烤好了。」他避開達格的視線，直盯著烤爐上滋滋作響的牛排。短暫沉默後，達格近乎悄聲說，「我要搬家了，就最近吧。」

「搬家？」

班尼迪克非常訝異。在他腦中，達格永遠住在科帕沃於爾的老舊雙層公寓。那是見證他長大的老家——雖然他的家人所剩無幾。這些年，達格實質上就是孤苦一人，房子對他一定太大了，糟糕的回憶又陰魂不散。

「是啊，想說時候到了。你覺得呢？」

班尼迪克不習慣達格這麼坦率。他想問他母親怎麼說，但決定最好還是別擅自碰這一塊。

「你也等夠久了。」於是他熱切地說，「你應該在市中心附近找小一點的地方，享受一下人生。你要賣掉老屋，再買新房嗎？還是用租的？」

達格看似認真考慮起來。

「本來我打算替老家找房客，自己到鎮上租公寓。房子在媽媽和我名下，收支應該可以打平……」他越說越小聲，仰頭看向無雲的蒼穹。「不過我改變主意了。我要賣掉房子，跟過去斷得一乾二淨。那棟房子的回憶太多，實在……實在太難受了。」班尼迪克一度擔心朋友會崩潰；他的聲音意外哽咽。

「做得好。」他趕忙說，以掩蓋尷尬的瞬間。「畢竟那是他們的家，屬於你爸和你媽。你得找到自己的住處，自己人生的角落。你去看過公寓了嗎？」

「當然，我看了鎮上西區幾間小房子。社區很迷人，通勤去銀行也方便，走路就能上班。」

「記得找的地方別太小。」班尼迪克眼中閃爍促狹的光芒。

「太小？」

「要留空間給女朋友呀。」

「我沒有女朋友。」

「現在沒有，但等你不再窩在科帕沃於爾那棟陰鬱的房子，不用多久就會交到女朋友了。二十九歲的男生住那棟房子太誇張了！」

達格笑了。

班尼迪克調皮地表示，「可惜亞莉珊卓名花有主了。」

「你這話什麼意思？」

「喔，別裝了。以前她一直很喜歡你啊，你總該有注意到吧？老兄，醒醒啊。」

「什麼？……好吧，你說的可能沒錯，但現在來不及了。」

「喔，我不敢說喔——你還有今天晚上，我不會扯你後腿。或者你們可以一起溜出去……」

達格突然站直身體。

「有沒有搞錯……我才不會搞上有夫之婦。」他的聲音顫抖，彷彿失去平衡。

「搞不好你只是想趕我們走，你跟克拉拉才能……呃，再續前緣呀？都隔十年了。」

他說完就衝進屋裡，留下班尼迪克站在烤爐旁，獨自面對不安的回憶。

第二十二章

亞莉珊卓

派對直到超過凌晨一點才結束——如果那樣也能叫派對的話。他們坐在小屋客廳，難得談起未來。稍早降臨的陰鬱氣氛逐漸散去，不過班尼迪克和達格之間仍有點緊繃，雖然他們很努力掩飾。大夥都試著像過去一樣盡情享受，不過畢竟老友少了一人，還是不容易。

不管怎麼說，亞莉珊卓都覺得這個晚上，他們成功短暫喚回了過去的氣氛。目前為止，他們的互動都籠罩著陰影，大家切身感到彼此之間有多少話沒說，多少事沒解決。

當然酒也幫了不少忙。幾小時前，亞莉珊卓開始感到舒適的微醺；她很滿意能跟老友坐在一起，遠離她的日常生活，無憂無慮地盡情暢飲。

達格終於宣布，「我要上樓去了。」他雖然非常清醒，聲音聽起來卻很累。「各位，今晚聊得很開心。」

克拉拉說，「可不是嗎。」

班尼迪克問，「你們覺得埃德利扎島如何？」他往後躺在沙發上。「像另一個世界吧？不需要去見人、認識人，什麼事都可能發生。只有我們和大自然，我們和大海。即使想走，也無法馬上離開，得花好幾個小時叫船……今晚這一刻，我們屬於這座小島。」他結束得有點口齒不清，又補上一句：「在這兒發生的事都不會傳出去……」

他瞥了亞莉珊卓一眼。她馬上聽懂他的暗示，脹紅了臉，避開他的視線，怎麼樣都不看達格。

「大家什麼都不知道。」克拉拉若有所思地說，「問題就在這兒。」

達格停在樓梯上，彷彿要等她繼續說，但她說完只陷入沉重的沉默。亞莉珊卓突然一顫，感到陰影再次籠罩他們。

她站起身，希望臉頰不再泛紅。「聊得確實很開心，但我也累了。」

沒錯，她的確累了，但她其實最渴望與達格共度一晚。她不敢踏出第一步，但她決定不要直接就寢，而是在床上躺一會兒，看會發生什麼事。

「我還不能去睡覺。」克拉拉的話更像在自言自語。「睡覺感覺太浪費美好的傍晚了……應該說晚上。我還很清醒，我們連酒都還沒喝完呢。」

班尼迪克說，「我陪妳坐一下吧。」然而他看起來比任何人都需要睡覺。「幾分鐘而已喔……」他打了個呵欠。「然後妳就能獨享整座島了，親愛的克拉拉。」

亞莉珊卓驚呼著醒來。起初她以為克拉拉毛骨悚然的尖叫又吵醒她，但她發現這回她一定是做了惡夢。

她完全不知道現在幾點，也不知道她睡了多久。明亮的夜晚總是令人錯亂。不過當她查看手錶，她意外發現已經早上了。八點半。她坐起身，伸伸懶腰，看向四周。

克拉拉不見蹤影。她不可能還在樓下，還在喝酒吧？

亞莉珊卓本來打算睡懶覺，現在可睡不著，便起來了。她迫切需要喝咖啡。

走下樓梯時，她聽到男生就寢的內側房間有人走動。達格出現在樓梯平台上。

「幾點了？」

「八點半。」

「可惡，我真想多睡一點。」他聽起來很累。

亞莉珊卓問道，「你知道克拉拉在哪兒嗎？」

「克拉拉？她沒跟妳在一起嗎？」

這時他們聽到班尼呻吟著抗議：「不要再吵了，我還想睡呢。」

亞莉珊卓忽視班尼迪克說，「沒有，她不在上面。」她探頭往下瞄客廳，叫道，「克拉拉？」沒有人回應。

「我覺得她不在屋內。」亞莉珊卓說，「但她總不可能睡在外面吧？」

這時班尼迪克也出來了。「好樣的，現在你們把我也吵醒了。我們不會把克拉拉搞丟了吧？」

第二十三章

那個週日早上，瑚達有點希望手上能收到有趣的案子。連續好幾天只能處理小案件，太不適合她了。不過看來她運氣不錯，才開始值班就接到韋斯特曼納群島來的電話。

「瑚達．赫曼朵蒂督察。」

「哈囉……我們這裡發生一件致死事件，可能需要刑事偵查部協助。」

「你們那邊沒有警探嗎？」

「我們執勤的警員目前不在，他生病請假了。上頭要我試著從本島找人來。」

「致死事件？你是說有犯罪行為嗎？」瑚達想到韋斯特曼納群島，幾年前她參加健行團，計畫一天內爬完主要島嶼赫馬島上所有的山。聳立在港口旁的陡峭赫馬岩將近三百公尺，她爬完徹底沒了力氣，只好放棄爬最後一座山。即使沒達成目標，她對那趟旅程印象倒很好——她向來歡迎好的回憶。那天晴空萬里，溫暖寧靜，同行的健行客來自各地，都是好夥伴。其中一名男子與瑚達年紀相仿，一直跟著她，試圖找她聊天，明顯想多認識她，但她沒給他機會。她還沒準備好。

「呃……還不確定，但我覺得不妙。有幾個年輕人週末來旅行，我猜他們喝了酒。你們有人手今天能過來嗎？」

瑚達想了一下。她可以派隊上的人去，沒道理親自出馬。不過她沒事好做，今天心情也比昨天好多了。或許跑這一趟到頭來是浪費時間，但總比待在辦公室忍受一成不變的日子好。

「當然有。」她下定決心回答，「我去吧。」

話筒另一端靜了下來，接著韋斯特曼納群島的警察畢恭畢敬說，「妳是說妳會親自過來？其實就目前的狀況……真的不用麻煩妳。我們只需要你們隊上的人跟我們搭船過去，看看情況。」

瑚達不禁受寵若驚。雖然她手下有幾位警員，她的督察職稱其實沒有聽起來那麼偉大。在雷克雅維克警局，沒有人會這麼恭敬地對她說話。

「我了解，但我想還是親自去吧，偶爾離開警局一下也好。」她記起他說「跟我們搭船過去」，便問道，「我們要搭船去哪裡？我不能搭飛機到赫馬島嗎？」

「沒辦法耶，抱歉……呃，應該說妳可以搭飛機到赫馬島，但我們必須再搭船去埃德利扎島。」

埃德利扎島？島名喚起的畫面是一座崎嶇的碧綠小島，上頭佇立一棟白色房子。她絕對不曾實際去過，八成是在報紙、電視紀錄片或旅遊手冊看到的。

「對，群島中算比較大的島，在赫馬島東北方。因為那棟房子，所以還算有名。」

「我們需要搭船過去？不會有點麻煩嗎？不能搭直升機嗎？」

「這個嘛，島上沒有棧橋，但有好幾個地方可以把船直接開到岸邊。交通不太方便，可能不是誰都適合來……至少懼高的人不行。」

這時瑚達開始隱隱懷疑，或許先前他的反應並非尊重她是雷克雅維克的高階警察，而是純粹不願意帶女人出海去小島。

她簡短回答，「不成問題。」

第二十四章

交通時間太長，害瑚達越發不耐。假如島上發生可疑事件，涉案人士早有充足的時間銷毀所有證據。

根據她得知的資訊，那群人年紀大概三十歲上下，其中一人叫班尼迪克，跟小島有些淵源。

瑚達與兩名韋斯特曼納群島的警員和一名鑑識技師同行，搭船前往埃德利扎島。船夫叫席格德，週五也是他載那群朋友過去。沿途他不怎麼說話，事件的消息明顯對他打擊很大。瑚達只聽到他喃喃自語說，「這些死小孩，我就警告他們要小心，在島上做事要注意。」

他們以慢到不行的速度乘著平緩的海浪前進，陸續行經赫馬島和比亞德納雷島高聳的岩壁，相較之下小船渺小極了。瑚達想到本來她對這個週日毫無期待，現在卻出現意料之外的發展。看來今晚她想回家是越來越不可能了。這種時候，她往往會想起以前。如果要加班，她會打電話回家，告訴汀瑪或勇恩她趕不回家吃晚飯，甚至晚上不會回家。即使時隔多年，這種感覺還是揮之不去，好像她應該打電話給誰。

埃德利扎島出現在前方，看來就像她看過的照片。碧綠草原中央閃閃發亮的白色小點逐漸幻化成一棟房子，後方長滿草的斜坡向上隆起，宛如起伏的海浪。他們越靠越近，看到黑色峭壁灑滿白色鳥屎，看來不像要讓海路前來的訪客登陸。

警察先前在電話上說，「不適合懼高的人。」等她手腳並用爬過岸邊的大石頭，接著奮力走上懸崖旁長草的陡峭小徑，她不禁承認他沒說錯。

她有豐富的登山經驗，眼前的山路當然不成問題，不過爬到頂端後，俯瞰的景色仍令她一時說不出話。每座小島的火山丘頂從寬闊平坦的海面突起，雪白的艾雅法拉冰蓋懸浮在本島一排深色山峰上方。可惜她沒時間逗留，好好欣賞；他們一分一秒都不能浪費。她跟著同事穿越高聳粗糙的草叢；寂靜籠罩四方，令人難以招架。接著房子出現在前方，原來總共有兩棟，相隔一點距離，一間較小，一間較大。他們走向較大那間，靠近才發現建得頗有架式。瑚達越走越近，突然感到近似孤獨的情緒。她可以理解為何有人會想來島上過週末，但她想她應該忍受不了；孤立感會吞噬她。她是室外咖，熱愛山林，但這個地方還是太偏僻了，雖然以直線距離來看，其實離赫馬島不遠。

較年長的當地資深警察停下來，轉頭對她說，「瑚達，妳要負責提問嗎？如果他們有所隱瞞，雷克雅維克刑事偵查部的警探應該比較有威嚇力。」

瑚達點頭，有點訝異他的提議。她以為當地警方至少開頭會想主導一切。

打獵小屋周圍有一圈籬笆，警員解釋是為了擋住羊群。瑚達這時才知道島上有羊，畢竟他們橫越小島路上都沒看到，但他保證真的有。「還有許多鳥類，數都數不清。據說鳥是吸引旅客的關鍵，我聽說前幾天來了幾個鳥類學家，來追蹤燕子。」

瑚達沒回答，忙著集中心神，準備敲門。她想多享受幾秒寧靜和獨特的孤寂，再展開沉重的任務，探究這裡發生了什麼事。

她終於輕輕敲門，沒等人回應就推開門。

室內兩名年輕人坐在舊餐桌旁，駝著背，手握咖啡杯。兩人都沒有起身迎接警察。

瑚達靜靜說，「你們好。」她假定現在面對的狀況是意外，如果不是，則是自殺。她不願假設有人涉嫌謀殺，但不能排除任何可能。面對這種案件，她的首要考量都是替相關人士著想。

短暫沉默後，其中一名男子站起身。他身材高挑，非常瘦，但看來體格健朗。他頭髮剪得極短，瑚達覺得很不好看。她猜這是時下的流行，但她還是覺得不怎麼樣。她在那個年紀時，男生都把頭髮留長，往往鬍子也是，她喜歡那種造型。

她走過去，伸出手。

「你好，我叫瑚達，隸屬刑事偵查部。」她的口氣平靜不誇張。「聽說你們的一位旅伴過世了。」

年輕男子呆呆點頭；或許他還在努力振作。

「妳好。」他終於啞聲回應，握住她的手，清清喉嚨，再試一次：「妳好，我叫達格，達格．維圖利帝森。」

「達格，可以簡單告訴我發生什麼事嗎？」

「呃……其實就是……她摔下懸崖，在小島另一側……我不知道怎麼回事，她是跳下去還是跌倒，還是……」

「什麼時候的事？」

「我想是昨天晚上。應該說一定是昨天晚上，因為昨天傍晚她還活著，但後來……她一定就摔下去了。我們下不去，但可以看到她的屍體在下面……太可怕了，她就躺在那兒，動也不動。她跌下去不可能倖存。」達格指向他的同伴。他坐在桌旁，思緒彷彿遠在天邊。「班尼跑回房子，用無線電聯絡他在赫馬島的舅舅──我們沒有別的方法跟外界聯繫。」

瑚達點點頭。達格的話一湧而出，有些字糊在一起。他明顯很焦慮。

她轉向他稱作班尼的年輕男子。「你是班尼迪克嗎？」

他點點頭，也站起身。

「對。」他們都很高，也都長得挺好看，但這位頭髮茂密多了。蓬鬆的髮絲下，他的眼神堅毅。

瑚達用謹慎緩慢的口氣問，「班尼迪克，你能確認你的朋友剛才說的沒錯嗎？」

他又點點頭。

瑚達說，「我們要麻煩兩位帶路。」當地警局的同事仍站在後頭。「我聽說你們是四個人？」

班尼迪克說，「沒錯。」他感覺比達格鎮定一些，好像比較懂得因應危機。「她在樓上——上頭閣樓有臥室。她……承受不了，必須躺一下。」他壓低聲音補上：「她徹底崩潰了。」

瑚達說，「我們晚點再找她，但沒辦法完全不跟她談，請見諒。」她開始感到不安。或許是直覺告訴她哪裡不對勁，發生了事與願違的狀況。然而也可能只是偏遠的土地影響到她。「她的名字是？」

「亞莉珊卓。」

「亞莉珊卓。」瑚達複述，「過世的女生叫克拉拉，對嗎？」

他們頓了一下才回答，彷彿答了問題，就要第一次承認朋友真的過世了。

「對。」班尼迪克終於用細如耳語的聲音說，「她的名字是……是克拉拉。克拉拉・雍恩朵蒂。」

「可以帶我去看你們在哪裡找到她嗎？」

第二十五章

「這裡叫豪拜伊。」班尼迪克指示瑚達看向懸崖頂端，下方石壁受到侵蝕內縮，女子看來是從這兒摔下去。瑚達打了個哆嗦，光想膝蓋就軟了。狹窄的平台只適合鳥兒，不適合人類；崖面極為陡峭，甚至看不到底部。她雙手雙膝著地，在幾經風化的粗糙石板地上緩緩往前爬，屏住氣，探出邊緣往下瞧。下方遙遠的深色石頭上可瞥見女孩屍體蒼白的形狀。她開始頭暈，趕忙退回安全的飛簷下，重新站起身。兩名當地警察正在商議怎麼從海上運回屍體最好。實際執行面就交給他們處理，她專心研究女孩怎麼跌下去就好。

她問道，「克拉拉有什麼原因要過來這裡嗎？」

「我……」班尼迪克遲疑一下，才繼續說，「第一天我帶他們來過，這是島上我最喜歡的地方。」

「他們三個人都跟你一起來嗎？」

他點點頭。「對，後來晚上我又自己來過一次——星期五晚上。我想獨處一會兒，放鬆一下，結果就在這兒睡著了。他們——我是說達格和亞莉珊卓——早上找到我。」

「所以你們一行人都知道怎麼走過來？」

「對。」

瑚達迫切希望最後不會發現這些孩子跟女孩的死有關。當然，她不能讓個人情感影響她的判斷，但至少從第一印象來看，她頗喜歡這兩個年輕人。她不禁想到汀瑪要是還活著，今年就二十三歲了——也許比這些孩子年幼不少，但還是成年了。不像他們，她過世——自殺——時沒有交友圈可言，因為她早已疏離了朋友和同學。她才十三歲。為什麼瑚達沒有更早察覺，看出不斷累積的跡象，趕快介入呢？

喔天哪，為何什麼都要讓她想起汀瑪？她必須振作，努力把這些想法趕到腦袋後頭，即使她知道趕不了多遠。等到晚上她躺上枕頭，這些思緒又會捲土重來。

至少這起事件應該很快就能結案。可憐的女孩八成失足墜崖——簡而言之就是意外。可想而知，酒醉會是部分原因。

「你們昨天晚上有喝酒嗎？」瑚達大聲問道，示意班尼迪克陪她走回小屋。

他遲疑一下，似乎懷疑瑚達想套他的話。然後他回答：「有，沒必要否認了。不過沒有人喝到爛醉，我們不用醉到不省人事也能玩得開心。」

「克拉拉呢？她昨天晚上有喝醉嗎？」

「有，她喝了不少……但我不懂怎麼會出事，畢竟每年這個時節，晚上天色根本不會全黑。她想要多待一會兒，沒跟我們同時去睡覺。然後……然後她……我猜她一定是出去散步，享受安詳的寂靜。明亮的夏夜在小島室外感覺很棒。我只能猜測她太靠近懸崖邊緣，誤判距離——又因為喝醉失去平衡……沒有別的解釋了。」他小聲重複一次：「沒有別的解釋了。」他說得好像要說服自己，或瑚達。

等他們回到小屋，原先在樓上睡覺的女孩亞莉珊卓出現了。她站在角落，低著頭，聽到他們進來也沒抬頭。不過瑚達看得出來她嬌小細瘦，留著烏黑秀髮。

「我相信你們都急著想盡快離開，」瑚達對三人說，「我跟你們保證，我也不打算久待。由於發生悲劇，現在我們必須試著拼湊出導致事件發生的原因，需要各位配合。我不是來這裡怪罪任何人。」她不算誠實地繼續說，「目前的發現都顯示你們的朋友克拉拉失足墜崖而死，這是一樁糟糕的意外。不過碰上意外死亡案件，不免還是要進行調查，希望你們理解？」

她掃視他們的臉。

班尼迪克在先前的椅子坐下，達格感覺整段期間都沒有移動。他們都對上她的視線，默默點頭。亞莉珊卓倒是毫無反應。

瑚達問道，「當初你們為什麼來島上？」

沉默好一會兒後，班尼迪克回答：「這間小屋是捕鳥協會管理的，我舅舅是會員，他替我們安排了，我們只是週末來度假。我們以前——我們以前住在科帕沃於爾，十幾歲的時候都是朋友。」

「希望現在也還是囉。」瑚達仔細觀察他們的反應。

「妳——妳的意思是？」他嚇了一跳。「喔，對，當然，沒錯。我們還是朋友，只是大家都有自己人生的方向嘛？我們好久沒見，至少很久沒有全員到齊了。」

瑚達問道，「那為什麼選現在呢？」

屋內再次陷入尷尬的沉默。班尼迪克瞥向達格，顯然在等他回答。接著他的視線轉向亞莉珊卓，但她依然動也不動。

最後是達格回答。「這個嘛……為什麼不行？」

瑚達懷疑他們重逢有特別原因，不過或許是她多想了。這群年輕人剛經歷驚天動地的大事：她不能指望他們馬上有條有理回答她的問題。不過離開小島前，她必須分別訪談每個人。假如他們確實有所隱瞞，她能趁機逮到他們的把柄。

第二十六章

瑚達發現實際上很難分別替每個人做筆錄，因為房子太小，沒有空間當作獨立訪談室。唯一的選擇是去外面，於是瑚達決定邀班尼迪克出外散步。她判斷先跟他談最有幫助，他除了比其他兩人更熟悉小島，情緒似乎也控制得比較好。

她說，「班尼迪克，請簡單描述昨天晚上發生的事。」他們站在較舊的小屋旁，小心翼翼與主屋保持一段距離。她開口時，一隻海鸚瘋狂振翅從他們頭上飛過，她可不習慣在這種地方質詢嫌犯。眼前的環境與警局毫無生氣的偵訊室天差地遠；偵訊室的牆壁只會反射恐懼和憂鬱，現在周遭的環境卻像在頌讚生命，即使瑚達是為了難過的憾事而來。

「沒什麼好說的，晚上一切都很正常……直到……當然……直到今天早上。我們吃烤肉，喝了啤酒和一兩瓶葡萄酒。我們很久沒有晚上這樣聚在一起了。」

瑚達看著班尼迪克說，「克拉拉的言談或舉止有哪裡不尋常嗎？你們有吵架嗎？」她的視線滑向他身後的風景，看著起伏的草地，以及後方露出來的湛藍大海。她相信待在這兒，遠離塵囂，必然感覺很自由。可是她懼怕受困在島上，與外在世界隔絕，因而心生幽閉恐懼。

「吵架？沒有，當然沒有。」班尼迪克聽起來很訝異，「我們見面時沒有習慣大吵大鬧。」

「未必要是肢體衝突。例如氣氛有鬧得很僵嗎？你們有意見不合嗎？」

「沒有，我們認識十五年了，搞不好更久……氣氛一點都不僵，我們是朋友。我可以保證，昨天晚上我們的互動都無法解釋克拉拉的死。整件事就只是可怕的意外。」他的聲音突然焦慮地哽咽。「真的太可怕了……妳得讓我們回家。天哪，妳能想像我們的感受嗎？妳以為我們好受嗎？」

瑚達沒有回答。她非常清楚他們並不好受，但她說什麼聽起來都很空洞虛偽，不是嗎？她總不能侃侃而談自己和死亡接觸的經驗。

「怎樣？妳以為我們好受嗎？」班尼迪克憤怒地重複一次，露出較為強悍的新面貌。大眾跟警察對話有普遍默認的妥當態度，但他快跨越那條隱形界線了。

她平靜地向他保證，「我們會盡快離開。」

「我可能裝得一臉勇敢——畢竟我習慣應付鳥事了，但……妳也知道……我擔心達格。我覺得他沒有外表那麼強悍。還有亞莉珊卓……我們得送她回家，我覺得她還沒接受事實。」

「班尼迪克，我很清楚事態嚴重。」瑚達堅定地回答，「我絕不會忘記考量各位相關人士的感受，但我也有對受害者的義務。別忘了有一名年輕女子丟了性命，我們必須查出發生什麼事。」

「發生什麼事？拜託，就是意外呀。」他的聲音微微顫抖。瑚達覺得他擺明有所保留；他有不同的想法，但不願說出來。

「完全沒有……完全沒有跡象能解釋發生的事嗎？」

班尼迪克搖搖頭。

「所以你認為她就這麼走出去，半夜三更出了致命意外？」

「我最後一次看到她的時候，她喝得頗醉。我們都上樓睡覺了，但她想在樓下多待一會兒，我覺得她不想上去……」他說到一半停下來。

「她為什麼不想上去？」瑚達抓住這一點追問，「她想避開你們當中的誰嗎？」

「什麼？沒有，天哪，沒有，不是這樣。我只是說……」他頓了一下。「我只是說她不想馬上睡覺。或許她只是想多喝一杯助眠，我哪知道？過去幾年我跟她沒什麼聯絡，只知道她過得不太順利，有金錢問題，妳大概也懂。」

瑚達確實懂。身為警察必須不斷為薪水和福利討價還價，她的小公寓背了太重的房貸，數字還隨著通貨膨脹無情攀升。

「班尼迪克，你到底想說什麼？她可能放棄人生？投崖自殺？」

「天知道？」他的聲音現在有自信多了。「或許事實就是這樣，但可想而知，我不想提出這種可能。光想就難受……想到我的朋友，我們的朋友居然這麼絕望，以至於她——她要半夜跑出去，做了決定，跳海自盡，而我們就在附近睡覺……我其實無法想像有人故意從那座懸崖跳下去。想起來太可怕了——太可怕了。」

瑚達無法回答。她還沒能回應，班尼迪克就問，「警方通知她父母了嗎？」

她聞言點頭。沒有別的好說了。

達格明顯驚魂未定。瑚達沒料到她會忍不住想擁抱他，告訴他不要擔心，一切都沒問題，即使她不確定這麼說對不對。他只是個孩子，陷入非常焦慮的狀況。

她護送他離開房子一段距離，不過跟她和班尼迪克走的方向不同，更靠近海邊。天際線無邊無盡，好不真實，像夢一樣。她停下來一會兒，傾聽下方悶悶的遙遠海潮聲、鳥兒的振翅聲，發現她緩慢但確實愛上了小島。她只需要放任自己接納與平常習慣不同的速度。

好一陣子後，她打破沉默。「你幾歲？」

「什麼？」他顯然沒想到要回答這個問題。「二十九……我二十九歲。」

「你們都同年嗎？」

「嗯，差不多。」他的聲音又開始顫抖。「其他人大我一歲。啊，應該說生前……好吧，妳懂我的意思。」

「克拉拉、班尼迪克和亞莉珊卓？」

「對。」

「你們是因為班尼迪克來的嗎？」

「因為他？什麼意思？」

「他規劃的行程？我猜安排前往埃德利扎島並不容易。」

「喔，我懂了。對，沒錯……」他頓了一下。「對，因為他替我們安排好了。」

「你們是為了克拉拉才決定碰面嗎？」瑚達在亂猜，但她現在沒什麼好顧慮。

達格看來嚇了一跳。「克拉拉？不是，妳這話什麼意思？不是。我是說，當然她最近有些問題，工作都做不久之類的，沒錯，但那不關我們的事。回答妳的問題吧，這趟旅行不是特別為了她安排的，絕對不是。」

他的口氣真誠，瑚達也相信他。

「你知道昨天晚上發生什麼事嗎？」

他搖搖頭。

「你能猜猜看嗎？」

達格遲疑了一下。「沒辦法，我們都去睡了。我是說，我們都比克拉拉早睡。」

「你知道她為什麼不去睡嗎？」

「完全沒概念。」

「晚上你有聽到人在走動嗎？」

他特別強調，「沒有，我睡得很死，什麼都沒聽到。」

「你們都睡在樓上嗎？」瑚達爬到閣樓看過，確認上頭有兩間臥室，四個人睡綽綽有餘；臥室空間可以容納很多人。

「對，我們男生睡後面那間，女生睡前面那間，就在樓梯旁邊。」

「如果有人下樓，你不會聽到嗎？」

「不會。」他說，「我……我睡得很沉。」

瑚達任沉默漫延，接著繼續問，「達格，你是做什麼的？」

「我？」他似乎又沒料到她的問題。

「對，你靠什麼過活？你有工作嗎？」

「喔，有。我在銀行工作。」他好像想強調，又接著補上：「投資銀行。」

「投資銀行？你負責什麼業務？」

「一些有的沒的……我是證券交易員，負責交易證券。」

瑚達很意外，沒想到達格從事這種工作，八成因為在她眼中，他不過是個孩子，要做這一行太年輕了。交易股票——她推估會經手大筆的錢。在鳥不生蛋的小島上，他顯得如此脆弱困惑，一點都不符合瑚達對證券交易員的刻板印象，不是她想像中自以為是的年輕人，身穿俐落西裝，渾身散發自信。

她的思緒不由自主飄到過世的先生勇恩身上。他也從事投資，但瑚達寧可不去深究他的工作。當年冰島沒有投資銀行，只有國營老銀行和房貸公司。如果勇恩生在達格的年代，他一定也會成為證券交易員。他可完全不缺自信。

「你的朋友班尼迪克呢？他也在銀行工作嗎？」

「天哪，不是，他絕不會靠近銀行。他是……呃……他經營資訊科技公司。」

「資訊科技公司？你是說電腦嗎？我雖然還不算老，但我必須承認，我一直不懂資訊科技包含什麼。」

達格笑了。「這個領域在銀行很熱門呢，現在大家都想持有資訊科技公司的股票。」

瑚達喃喃說，「我可不會。」她絕不會想要把微薄的畢生積蓄賭在股市。一會兒後，她追問：「亞莉珊卓呢？」

「她是農夫。」

瑚達差點脫口說年輕女孩當農夫很不尋常，但她及時想起剛加入警局時，其他男生也說了一樣的話，她豈不是比他們好不到哪兒去。「在哪裡？」

「什麼？」

「她的農場在哪裡？」

「東部。」達格回答，「她結婚有小孩了。我們沒怎麼保持聯絡。」

「然而……」瑚達暫停一下，觀察達格的反應。「然而你們一起過來，到世界的盡頭，共度整個週末。只有你們四個人。」

達格沒有回答，只是尷尬地點頭，遙望大海。

「達格，我必須說，這聽起來有點怪。」她雖然口氣嚴厲，卻也盡量不要忘記他剛經歷慘痛的經驗。

「呃……對，我懂妳為什麼會……」

「沒有特別的原因嗎？你們不是要慶祝什麼事？」

他馬上說，「沒有，絕對沒有，沒這種事。」

「你們是不是其實比你說的熟？」

「什麼？不是，我跟妳說過了，我們本來就很熟。」

「可是你們都不見面？」

「對，最近沒有了。我想應該這麼說，我們以前很親，不過老友情誼不會變。」

「也是。」瑚達其實不太了解。小學時她交了幾個朋友，但感情並不特別好。現在回頭看，她相信出身貧困導致她難以和其他小孩深交。她和母親住在外祖父母家，四個人擠在一間小公寓，手頭總是很緊。別家小孩才有新衣服和好玩具。後來她發現老師對她的態度也受到她的家境影響。母親必須成天工作，賺錢養家，幾乎都不在家，更是雪上加霜。瑚達跟外公的關係親多了。升上中學後，她深信自己永遠不會成為風雲人物，也就懶得認識同學了。她謹慎孤僻，跟同學都是泛泛之交，沒有建立深厚的友誼。到了大學也一樣，當時學校女生不多，大家都愛組小圈圈，而她總是落在圈外。畢業後女同學仍會定期聚會，以前瑚達也曾邀她們來家裡喝咖啡，偶爾吃飯，但她認識勇恩後，便逐漸跟她們失聯了。他個性安靜，不太喜歡社交，沒時間陪她的老同學，他們漸漸也就不再邀人來家裡了。每天晚上和每個週末都是他們三人：瑚達、勇恩和汀瑪。起初瑚達覺得他們的小家庭很溫馨，直到後來她才發現哪裡不對勁。

「我們什麼時候能離開？」達格問道，猛然把瑚達拉回現實。

她回答，「快了。」

「直接回家，還是……？」

「我們錯過了今天的渡輪，必須替你們在赫馬島安排住宿。警方可能需要你們提供更詳細的陳述。」

「為什麼？發生什麼事不是很明顯嗎？」

瑚達說，「我也希望是。」她沒有撒謊。

第二十七章

亞莉珊卓看來還是無法跟警方談，但瑚達再怎麼真心同情她，訪談也得進行。她必須評估這三名朋友的初期反應，才能判斷案子是否需要進一步調查。

她們一起坐在小屋內。瑚達派當地警察護送班尼德克和達格下去船邊。

「我還是不敢相信。」女孩在短時間內說了三次，「她居然死了。」

瑚達問道，「妳知道發生什麼事嗎？」

「不知道……」亞莉珊卓回答，但她的聲音顫抖。「拜託，我必須打通電話，我需要聯絡家裡。」

「這裡沒有電話。」

「無線電呢？我可以試試——？」

「我們等一下就要去搭船了。回到赫馬島就有電話，妳有很多時間能打電話。」

「可以現在馬上走嗎？」亞莉珊卓的呼吸急促。「拜託？」

「昨天晚上妳有看到什麼嗎？」

她搖搖頭。

「聽到什麼呢？」

她又搖搖頭。

「妳覺得發生了什麼事？」

「我不知道！」她拔高聲量，近乎歇斯底里。她又說一次：「我不知道！真的，我必須打電話！」

瑚達冷靜地重複，「再一下就好。」她心想如果必要，是否可以先結束訪談，稍後再繼續，讓亞莉珊卓和兩個男生盡快回家，撫平驚嚇的情緒。雖然她覺得他們沒有全盤托出，她仍傾向先相信他們。或許他們跟克拉拉吵了一架，覺得過意不去。可是懷疑他們失手殺人或蓄意謀殺？不，她不相信。「她過世的消息還沒傳出去，」瑚達自信的口吻其實沒什麼根據，「我們暫時希望維持現狀。回到赫馬島前，妳不需要打電話回家。」

「可是我必須跟兒子說上話，確保一切沒事，他們沒有擔心。」

亞莉珊卓要不是深受昨晚的事件影響，聽不進去瑚達說的話，不然就是很狡猾，想藉機逃避回答問題。她差點成功；瑚達都準備要放棄了。

最後她決定改變策略，放棄原本的溫柔路線：「你們為什麼來這裡？你們來玩的原因是什麼？」這回她用上警方訊問的口氣。

亞莉珊卓渾身一顫。「什麼？我們……呃，我們……」她猶豫一下。「沒什麼，沒特別的原因。」

瑚達質問，「昨天晚上這裡發生了什麼事嗎？」話才說出口，她就意識到用字不甚恰當。

亞莉珊卓又搖搖頭。

「妳知道妳的朋友出了什麼事嗎？」瑚達抬高聲量，確信其他人早已聽不見。她和亞莉珊卓獨自在屋內，可說獨佔小島。

然而亞莉珊卓依舊固執，不肯開口。

「亞莉珊卓，妳知道出了什麼事嗎？」瑚達緊盯女孩的雙眼。然後她擔心的事發生了，亞莉珊卓在她面前徹底崩潰。

女孩的胸口劇烈起伏，她失控啜泣，不住哀求，「我可以走了嗎？拜託！」

瑚達不得不放棄，站起身來。至少現在，他們的面談結束了。

第二十八章

瑚達躺在赫馬島小鎮民宿的床上，等待睡意襲來，但她既期待又害怕的老敵人令她躊躇不前。雖然一天奔波下來，她已精疲力盡，迫切需要好好休息，但睡眠往往只會徒增壓力，她盡力想忘記的惡夢和回憶會榨乾她的精力。為什麼她不能整晚都夢到奧爾塔內斯的自然美景、鳥鳴和大海呢？

對，今天工作很辛苦，工時比預期長多了。她本來打算星期天晚上要出門，或許到鎮上走走，盡情享受午夜的太陽和宜人的天氣。不過她不太介意，畢竟工作永遠優先：工作是唯一支持她走下去的動力。

每當晚上醒著，她的思緒會滑向熟悉的領域，要不是掛慮過去，就是擔心未來。今晚未來勝出了。不用多久，她就必須面對今年她要五十歲了。她很難接受這個事實，寧願視而不見，忙著管別人的問題，承接太多案件，沒天沒夜工作。她沒什麼嗜好；好吧，說實在話，她只有一個興趣：山間健走。她也還沒準備好開始約會；她甚至不知道該怎麼做，況且也沒有保證她會碰到對的人。至於去國外旅行，以她的財務狀況來看，不過是做白日夢。

當然她離退休還早，但眼看五十大壽逐日逼近，她還是忍不住擔心。不再工作後，她完全不知道該怎麼消磨時間。此外還有錢的問題，她可能要領低廉的固定退休金，受困在小公寓一輩子。現在她至少還能靠加班勉強替薪水加料。

情況不妙：睡意拒絕浮現。瑚達決定認輸，下床走到窗邊，眺望明亮的夜晚。赫馬岩獨特的石壁和碧綠山頂前方聳立一片白色船桅，然而她的腦袋沒有看進眼前的美景，反而盡想著那三個年輕人……應該說四個人；過世的女孩克拉拉和她的朋友。即使他們擺明沒有把事實全盤告訴瑚達，也不代表他們失手殺人，或犯下更嚴重的罪行。瑚達有過慘痛經驗，知道大家向警方隱匿資訊有各種原因，未必都有惡意，她也可以理解。她在極度焦慮的情境中突然出現，不可能指望他們向陌生人吐露所有祕密，但調查還是必須完成。

勇恩和汀瑪過世前，瑚達晚上還可以靠閱讀放鬆，躲進通俗羅曼史小說結局美好的溫馨世界，遠離她陰鬱又混亂的現實工作。她真懷念讀書讀到睡著的時光。現在她老是靜不下來，沒有耐心讀閒書了。只有在郊外，她才能真正放鬆，讓頭腦放空。除此之外，她的思緒總會執意回到汀瑪和勇恩身上，怪罪自己導致一切發生。汀瑪過世前幾個月的情景啃食她的心靈，她怎麼會不知道……？

她逼自己不去想過去，試著專注在手上的案子。這些可憐的孩子。她從他們的反應看得出來，他們都覺得要為朋友的死負一定的責任。或許克拉拉需要他們的時候，他們沒有伸出援手；或許他們曾對她很差勁；或許他們不清楚哪裡做錯了，只知道一定有什麼能做得更好。過去的決定可能導致不同的結果，不會招致克拉拉駭人的下場。就像汀瑪：她知道女兒悲慘的命運可以避免。

瑚達會在意這些孩子自責的良心嗎？其實不會。除非他們當中有人真的動手把女孩推下懸崖。

瑚達回到床上，閉上眼睛。她必須睡一下。至於隨之而來的惡夢，她也只能欣然接受了。

第二十九章

返家的過程慢得令人抓狂，首先要搭渡輪到南部沿岸的索勞克斯赫本港，再轉車到雷克雅維克，最後才回到瑚達的公寓。她在埃德利扎島或赫馬島上沒什麼能做的了，如果女孩的死因判定不是意外，反正案子會移交給雷克雅維克的刑事偵查部，也就會再次回到她手中。

她在民宿一晚沒睡好，疲憊不堪，現在忍不住怪罪自己沒指派下屬去，反而親自跑一趟。通常她會利用週日晚上替下週充電，但現在已經默默週一了。當然她應該小寐一下，沒有人會注意到她晚一個小時上班，但她天性不喜歡推遲工作。於是她匆忙沖澡，換好衣服，開著忠心的綠色斯柯達轎車前往辦公室。

她馬上開始寫埃德利扎島事件的報告，盡快完成乏味的工作。她前往韋斯特曼納群島前已告知部門主管，取得許可報支差旅費。他一如往常鼓勵支持她去——至少表面工夫做得很好。「我們當然樂意幫助小島的同仁，有妳去他們很幸運。」瑚達知道他的稱讚言不及意。

她跟班尼迪克、達格和亞莉珊卓搭同一班渡輪回來，但一上船他們就依偎在一起，與她保持距離，顯然不想跟女警扯上關係。亞莉珊卓大半時間都緊抓著圍欄，悲慘的臉色發青，兩個男孩待在旁邊護著她。瑚達沒有試圖接近他們。她該問的問題都問了，取得足夠資訊，能寫出完整報告，並總結本案為意外致死。

埃德利扎島的小冒險結束後，瑚達試著回歸日常規律。她賣掉奧爾塔內斯的老家——其實是遭銀行收回——自己買下公寓，與過去的人生一刀兩斷後，她每天的生活幾乎一成不變。起初她跟母親住，接著租了公寓，同時努力湊足一小筆頭期款，畢竟勇恩死後留下的錢太少了。與母親同住的經驗只能說很怪，雖然瑚達早就知道兩人個性不搭，她仍以為她們能趁機了解彼此。

汀瑪和勇恩過世後，母親使出全力，盡可能給她滿滿的愛和關懷。有時瑚達覺得一定是自己個性惡劣，才會無法回應母親，接受她的關心，或給予回報。由於她還是工作到很晚，她與母親相處的時間通常是晚上和週末，但這些時候瑚達只渴望獨處，最好是躲到偏遠的山裡。母親深信她們可以靠對話克服創傷，但瑚達知道沒有用。她注定要承受後果活下去。

到頭來她搬出去了。決定過程很平靜，她只是有一天告訴母親她找到公寓，並感謝母親這陣子款待她。母親的反應客氣友善，就這樣。她們不曾爭吵，彷彿對彼此的感情不夠強烈，吵不起來。瑚達住進租來的小公寓，從此獨享休閒時間。

現在她至少住在自己的房子，不是付租金，而是付利息。

職場上，上司會交付她重要的案子，她的破案率也高。她的做法未必傳統，但能交出成果。雖然她得不到自認應得的讚賞，她的同事都知道她很堅強，能處理困難的案件調查。

與其說好奇，不如說出於義務，她決定查查埃德利扎島事件相關人士的警方紀錄。死者克拉拉從未成為警方關注的對象，她的朋友亞莉珊卓也是，兩個女孩看來都沒有前科。資訊工程公司的年輕老闆班尼迪克倒是十五歲時曾在科帕沃於爾跟人打架過。報告簡短，細節不甚明確，但明顯沒有後續影響。

系統裡也找到達格的名字。

一九八七年，他十九歲，遭控威脅警員，但沒有案件細節，也沒有進一步調查。這有點不尋常：依照慣例，威脅警方通常不會這麼從寬發落，不過或許有各種原因。瑚達認識那名警員，但她覺得沒必要深入研究那麼久以前的爭執，畢竟跟現在的事件不太可能有關。如果埃德利扎島事件的調查出現可疑事蹟，她可以再聯絡這位警員。現階段她覺得不需要擔心，最好就放著吧。

第三十章

電話鈴響將瑚達從寧靜的睡夢中吵醒。她在起居室睡著了，但該死的電話在玄關，她必須拖著身子，從母親那兒接手的舒適舊躺椅爬起來。

她有點希望鈴響能在她接起電話前斷掉，反正一定是推銷電話；沒有人會在晚上打電話給她，現在都快九點了。電視新聞結束後播起英國野外紀錄片，她看看就睡著了。她付不起第二頻道的費用，只能忍受國家廣播頻道的節目。

她呻吟一聲，從椅子撐起身體，渾身僵硬走到玄關。工作一整天，加上週末諸事忙碌，害她仍然疲憊不堪。她知道近來反應變慢了，任何肢體勞動事後花的恢復時間都更久，不管是登山或運動課——還是睡醒後從椅子上起身。

「我是瑚達。」她接起電話，努力擠出清醒的聲音。

「瑚達？妳好。我吵醒妳了嗎？」

「什麼？沒有，當然沒有。請問你是？」

「塞蒙德。」

「喔，塞蒙德，你好。」塞蒙德跟瑚達同年，或比她年輕幾歲，在大學醫院的病理部門實驗室任職。由於他似乎日夜都在工作，瑚達有猜到可能是他打來。她想像他的樣子：身材微胖的友善傢伙，從她認識以來就禿頭，至少十年了。

「很抱歉這麼，呃，晚打電話來。」

「沒關係。」有時候她懷疑塞蒙德對她有意思，即使他從來沒有任何表現。他是永遠的單身漢，個性善良好相處，但是可惜呀，不是瑚達的菜。「你打來是要講埃德利扎島的女孩嗎？」瑚達有些同事會說埃德利扎島的「屍體」，但她總是盡量維持死者的人性，以免忘記實際喪失了一條人命。

「嗯，沒錯。」

「你不會已經驗完屍了吧？動作真快。」

「抱歉，我們還沒做到那兒，但不用驗屍妳也不會錯過——呃，我不會錯過。我馬上就注意到了，想說告訴妳。我不知道調查進展如何，但我想任何證據都有幫助吧。」

他的話沒什麼道理，不過也不是第一次了。

「當然，」她鼓勵道，「你注意到什麼？」

「喔，對，嗯，抱歉——她喉嚨上的痕跡。」

瑚達感到心跳加速。「她喉嚨上的痕跡？」

「對，妳懂嘛，有人想掐住死者的喉嚨——當然是她死之前。我看來滿明顯的。」

「你是說——」瑚達沒機會把句子說完。

「對，所有跡象都顯示有人對她施暴。符合妳的初始調查發現嗎？」

瑚達靜了一會兒才回答，「嗯，算是吧。」善意的謊言傷不了人。「那是死因嗎？」

「我很懷疑，她的頭部創傷很嚴重，畢竟從那麼高的地方摔下來。當然我不是警探，瑚達，現階段都只是臆測，但我初步的感覺是她跟誰扭打，肇事者抓住她的脖子，緊緊掐住，阻斷她的氣管，然後她墜崖摔死。我沒辦法告訴妳怎麼發生的，但我想能合理推論……呃，那個……」

「……她遭到謀殺？」瑚達替他說完。

「沒錯。」

第三十一章

瑚達咒罵自己在島上怎麼沒多起疑心。她的直覺在需要時辜負了她，使她辜負了可憐的女孩。當初或許她該採取不同的調查方式，嚴厲質詢那三名友人，而不是放他們直接回家。她無法決定要怎麼做。現在快晚上十點，雖然還是很累，她仍爬進斯柯達轎車的駕駛座。她其實可以等到早上，但聽到塞蒙德的消息後，她覺得需要盡快行動。

她在事發現場有記下那群年輕人的聯絡資訊，但放在辦公室。她還沒想清楚要做什麼，就倒車開出狹窄的車位，擠過鄰居的車，開向刑事偵查部辦公室。天空澄澈湛藍，太陽仍高掛在天際線上，絕對看不出來現在多晚。

抵達辦公室後，瑚達坐在辦公桌一會兒，盯著紙上的地址和電話號碼。亞莉珊卓、班尼迪克和達格。她試著想像案發當下：他們當中有人真的殺了克拉拉嗎？把她掐個半死，再推下懸崖？他們感覺都不是凶手的料。冰島的謀殺率極低，這起案件會掀起軒然大波。她應該要打電話給上司，呈報最新進展，不過等到早上再說就好。現在她思索是否應該利用時間再去質詢克拉拉的朋友，突擊他們。

瑚達不用多想，就知道該先從誰下手；答案就擺在她眼前。亞莉珊卓計畫當晚住在科帕沃於爾的親戚家。瑚達記得三人當中她最難過，因此也是最容易的目標。她在小島上差點崩潰。當然利用她的弱點不公平，但案子的嚴重性突然變得高多了。

亞莉珊卓在科帕沃於爾的親戚毫不掩飾瑚達打擾了他們的夜晚。當她出現在門口，自我介紹，並請求跟那位年輕女孩談話，他們沒給她好臉色看。

「她睡了，這件恐怖的事嚇壞她了。我不懂為什麼妳要現在打擾她。」應門的中年女子說，沒有要妥協的意思。一名矮壯男子站在她身後，避著瑚達的視線，八成是她先生。女子說話時，他拼命點頭同意。「妳要就早上再來。」

碰到這種情形，瑚達並不習慣退讓。「不用花多少時間。」她不屈不撓堅持，

「很抱歉，我必須跟她坐下來，細談週末發生的事。」

「為什麼？為什麼要找她？」女子問道，仍擋在門口。她先生繼續配合點頭。

「您應該知道，有個年輕女生過世了，她跟亞莉珊卓和另外兩個男生一起去埃德利扎島，所以我得找他們談。調查案件時，我們必須以死者的利益為重，即使會造成無辜人士不便」——她小心強調「無辜」這個字。「麻煩讓我進去好嗎？」

聽到這兒，女子終於退讓，靠到一旁，她先生也跟著退開。他們帶瑚達到起居室，但她詢問是否有隱密的地方能跟亞莉珊卓談。夫妻倆的表情擺明很失望不能旁聽，不過最後仍帶瑚達到介於書房和縫紉室的小房間。她在房內等待，看時間逐漸過去。

亞莉珊卓終於出現在門口。從她略顯浮腫的臉來看，她確實剛睡醒，晚上可能也沒少哭，瑚達並不訝異。她看來顯然還沒擺脫起初的震驚和焦慮。

瑚達先確定門關好，並請亞莉珊卓坐下，才開始提問。

「亞莉珊卓，很抱歉必須告訴妳，所有證據都顯示妳的朋友遭到謀殺。」

亞莉珊卓馬上有所反應。瑚達的話明顯令她驚愕不已，接著她似乎癱軟下去，突然悲痛到無法承受，彷彿第一次聽到克拉拉的死訊。當然，這些情緒反應可能是裝出來的，瑚達還不夠了解她，無法判斷她的演技是否讓人信服。

瑚達繼續等，繼續等。

亞莉珊卓終於打破沉默：「這……不，不可能。為什麼？為什麼妳這麼想？怎麼會有人……做這種事？」她搖搖頭，聲音歇斯底里地飆高：「不，不，不！」

「很遺憾，證據都指向這個解釋。」

「謀殺？殺人？當真？什麼……什麼證據？」

「亞莉珊卓，我需要妳告訴我那天晚上發生的事。我們必須一起查清楚狀況。」

「這……這……什麼都沒發生。」她哭了起來。「什麼都沒有。」

「亞莉珊卓，別再遮掩事實了。如果她遭到謀殺，」瑚達讓這句話懸在空中一會兒，再重複一次：「如果她遭到謀殺……」

亞莉珊卓點頭。

「……只有三個人可能下手：妳、班尼迪克或達格。」

女孩撇開頭，用手背擦擦眼睛。

「我知道不是妳。」瑚達輕易撒謊，「妳覺得另外兩人誰比較可能是凶手，班尼迪克或達格？」

亞莉珊卓沒有回答。

「妳知道可能的行兇原因嗎？比方說過去積怨？」

「不，妳不懂……」亞莉珊卓越說越小聲。「不可能……我們不會……達格或班尼都不會……殺人。妳不認識他們。我真的……我不要相信。」

「亞莉珊卓，嚴格來說，我也不能排除妳的嫌疑，我相信妳理解。」

「什麼意思？妳剛才說……我……妳說妳知道……」

「我怎麼想不重要。我當然不相信妳有辦法謀殺朋友，但我不能不調查妳。妳必須跟我合作。」

「可是……嗯，當然，我只是無法……我不想要……」

「妳不想要什麼？不想要成為謀殺案的嫌犯？」

「天哪，不要！當然不要。」

淚水再次流下她年輕的臉。

「亞莉珊卓，妳必須振作起來，試著幫我。」

她在啜泣間哭嚎，「好……我懂，我懂。」

這時有人憤怒敲門。門打開，先前招呼瑚達的女子走進來，氣得一臉青紅皂白。「夠了！我就聽到這可憐的孩子哭得肝腸寸斷。有沒有搞錯，妳斗膽這樣對她？她的朋友剛過世耶。」

瑚達尖銳地回答：「我還需要一下才能做完筆錄。」

「不行，妳現在就給我結束，不然我要打電話給姊夫了，他是律師。太誇張了。」她轉向亞莉珊卓：「小乖，過來吧。她要走了。」

亞莉珊卓瞥了瑚達一眼，聽阿姨的話站起身。

瑚達從女孩的表情看得出來她有所隱瞞。她很肯定。

第三十二章

對，就是這裡：門鈴上只有達格的名字，但瑚達有點意外年輕人會單獨住在這麼大的獨棟雙層公寓。她按下門鈴，等了一分鐘，接著輕輕敲門，越敲越大聲，但沒人回應。達格看來不在家。瑚達試了最後一次，伸手指按門鈴按了好久，還是沒有回應。她得稍晚或明天一早再來了。

班尼迪克住在市中心的地下室小公寓，以三十歲單身男子來說正常多了。他的公寓位在漆成藍白色的傳統木造房子裡，入口在後方，要走過長滿雜草的院子。瑚達沒找到門鈴，只好用力捶門。

她聽到室內傳來聲響，接著大門打開，班尼迪克出現在門縫。看到是她，他明顯嚇了一跳。

「晚安，班尼迪克。」

「什麼，喔，妳好……等一下，我們有約好要見面嗎？」

「我可以進來嗎？」

他遲疑了一下。「其實我不是一個人，不過……我想……」

「謝謝。」她沒多問就踏進屋內。「我們需要談談。」

她才走進去，就瞥見達格站在客廳中央。她覺得她闖進兩人在吵架或爭執的現場，緊繃的空氣嗡嗡作響。

達格壓低聲音說，「嗨。」他垂下眼，看著鑲木地板。

客廳裝潢簡單，只有陳舊的皮沙發、電視，以及好幾個架子的錄影帶。沒有書，牆上也沒有畫作，天花板只垂掛一顆光裸的燈泡。瑚達注意到桌上沒有飲料點心，告訴她達格並不是來作客。

「你好，達格。」她說，「我剛從你在科帕沃於爾的家過來。」

他再次抬起頭，一臉驚訝：「妳去找我嗎？」

「對，我需要跟你們談談。」短暫沉默後，她補上一句：「達格，我沒料到會在這兒看到你。」

「什麼，喔，不是，我……呃……」他顯得尷尬，瑚達覺得不太自然。解釋拜訪朋友的原因應該很容易，但不知為何達格卻說不出話。沒錯，狀況絕對沒有表面看來這麼簡單。

可以的話，她寧可分別跟這兩個人談，但目前看來有困難。

「請坐。」她堅定地說，「不用太久。」他們聽話地並肩癱坐在沙發上。客廳旁邊就是小廚房，瑚達拉來一張凳子，坐在椅緣面對他們。

她端詳他們一陣子，繃緊氣氛，對他們稍微施壓。他們明顯坐立不安。

「你們的朋友，」瑚達開始說，「你們的朋友克拉拉看來不是意外墜崖。」

班尼迪克尖銳地問，「什麼意思？」

瑚達回答，「有人攻擊她。」

「攻擊她？」達格聽起來不可置信。

「妳想說什麼？」班尼迪克問道，「有人殺了她？」

瑚達點頭。「看來是這樣沒錯，我們目前也朝這個方向調查。」她故意說得好像不是只有她這麼想，而是整個刑事偵查部都與她有同感。

「你們調查的方向是……有人謀殺她？」班尼迪克聽起來震驚又生氣。「老天，妳不會在暗示我或他——或亞莉珊卓——可能殺了她吧？」

瑚達用務實的口吻問道，「島上還有其他人嗎？」

達格回答：「沒有，沒有其他人了。」

「那就沒有別的可能了吧？」

班尼迪克搖搖頭。

「有其他人可能上島，你們卻不知情嗎？」

「不太可能，雖然我不會把話說死。」

「假如晚上有船靠岸，你們會聽到嗎？」

「大概不會。」

「所以目前我們別無他法，只能先調查你們三個人。」瑚達說，「除非找到牴觸的證據。」

「太亂來了。」達格說，「妳不會當真認為……我們謀殺了朋友？」

班尼迪克附和，「妳一定在開玩笑吧。」

「我也希望是開玩笑。」瑚達一臉嚴肅。「兩位，你們該跟我說實話了。那天晚上發生什麼事？」

達格瞄了班尼迪克一眼才回答，「有完沒完，妳還要我們說什麼？我們不知道怎麼回事。克拉拉沒跟我們一起上樓睡覺。」他停下來，控制住自己，又補上一句：「是說為什麼妳認為有人……謀殺她？」

「現在我沒辦法告訴你。」

班尼迪克立刻站起來。「妳不能指望我們直接回答，這件事又沒有……我是說，這件事妳一點證據都沒有。妳只是想套我們的話，誣陷我們殺人。明明我們的朋友不過是滑倒墜落……不然就是自己跳崖了。」

達格意外問道，「我們總該有權利找律師陪同吧？」

瑚達笑了。「怎麼做都看你們，我們先冷靜一下吧。警方沒有逮捕誰，也沒有說誰是嫌犯……檯面上都沒事，我們只是聊聊。不過我也說了，怎麼做都看你們。明天早上我們再看是否需要正式傳喚你們到警局接受偵訊。如果想要，屆時你們有權利帶律師同行。」

班尼迪克站在原地，躊躇不決。達格坐著不動。

瑚達問道，「達格啊，你到底在這裡做什麼？」她直盯著沙發上的年輕男子。

「什麼？」他沒料到這個問題。

她語氣尖銳地補上，「別騙我說你來作客。」

達格坐在那兒，不發一語。

「你們在確認彼此說詞一致嗎？」她把視線轉回班尼迪克身上。

他猛烈搖頭，看來終於真的擔心起談論的內容，不只是惱怒瑚達不請自來，逕自指控他們。

「當然不是，」他說，「不可能。」

「達格？」

「什麼？天哪，不是，沒這種事，妳全都搞錯了。我們不需要確保說詞一致，真的。」

她差點就信了。對，或許他們沒撒謊，但她還是無法完全信任他們。

她站起身。

「達格，你到底來做什麼？」

他陷入沉思，長到超乎必要。「我們的朋友剛過世，」他終於說，「幾乎就是當著我們眼前走的。我無法一個人面對，除了班尼，我不知道還能找誰談。亞莉珊卓和我沒那麼親，但我跟班尼一直都是好哥兒們。我們之間從來沒有祕密……」

聽達格的語氣，瑚達覺得最後一句話充滿特殊的重要意義，隱藏更深的意涵。她下定決心要揭發出來。

第三十三章

瑚達指示三名年輕人不要出城，等候警方進一步通知。班尼迪克和達格都沒有意見，但亞莉珊卓抗議說她必須回東部陪家人。最終他們說服她多等一兩晚。

來到隔天早上，瑚達的下一個行程是去見戶瓦德。十年前達格因為威脅警察收到口頭警告，是他替達格做的筆錄。戶瓦德三十五歲上下，個性老實，平易近人，又好說話。

瑚達事前約好跟他見面，現在坐在他的辦公室。

他露出真誠的微笑問道，「我能幫妳什麼忙嗎？」

「搞不好只是浪費時間啦，」她說，「不過我找到一九八七年的舊報告，是你呈報的小事件。」

「喔，好，一九八七年，嗯。我八六年加入警局，那時剛從警校畢業。」

她交給他達格的報告影本。

「我想你八成不記得了……」

「嗯，讓我看看。」他掃過報告。

「啊……等一下，對，一九八七年——雖然我不太確定。」他繼續盯著報告。

瑚達搖頭。「不是，就我所知，他只是有禮貌的普通小孩。警方紀錄只有這一筆，這是他唯一的犯罪紀錄。」

「我看看。他當年幾歲？才十九歲。他是累犯嗎？」

「達格……達格．維圖利帝森……？」戶瓦德腦中似乎亮起一盞燈：「啊，沒錯，當然。達格．維圖利帝森，當然。抱歉，我沒有馬上想通。瑚達，妳應該先告訴我背景呀。」他對她微笑。

「背景？」

「對呀，不是跟他父親有關嗎？妳現在為什麼要查這件事？」

「他父親？他做了什麼？」

「維圖利帝．道格森，妳不記得他嗎？」

雖然瑚達對這個名字隱約有印象，她還是坦承想不起來。

「他殺了親生女兒，記得嗎？」

這下瑚達想起來了。當時她沒有參與調查，不過事件上了頭條，沒有人會錯過。這個案件人神共憤，科帕沃於爾一名受人景仰的會計師遭控在西峽灣區偏遠的度假小屋謀殺自己的女兒。瑚達只透過新聞和警局走廊聽到的八卦追蹤調查狀況，因而不記得細節。宣告判決前，男子在拘留所自殺了。她倒是清楚記得這個案子奠定了利德許成功的職涯。有跡象顯示嫌犯可能傷害家人，瑚達覺得這項發太過切身，雖然當時她還沒意識到為什麼。

現在想想，會計師住在科帕沃於爾符合她的調查：雙層公寓對達格來說太大，一定是他們的老家，不過現在看來他一個人住。她不禁想問：他母親怎麼了？

「天哪。」瑚達輕聲說，更像在自言自語。「你是說達格是他兒子？」

「妳不知道嗎？」

她說，「嗯，我沒有……把兩件事連在一起。」

「那妳為什麼要查呢？這孩子當年大鬧一場，但那是好久以前的事了。」

「所以你記得囉？」

「是啊，我很可憐他。他總是來警局，發脾氣罵我們逮捕他父親。他不肯相信父親有罪。通常他只會要求見利德許，但有時候他會發飆，對其他人大吼。我們……好吧，我們都可憐他，所以沒做什麼。但報告記錄的這一次，他真的太誇張，氣過頭開始威脅警察，我們只好逮捕他，跟他談一下，要他冷靜，但沒有多做什麼。那孩子當時狀況很糟，我想也不意外。」

瑚達心不在焉回答，「也是……」她很難消化所有資訊……他的父親謀殺了親生女兒。該死。不過這兩件事不可能有關吧？

「別賣關子了，到底怎麼回事——妳為什麼對這個孩子有興趣？」

「他是謀殺案的嫌犯。你知道吧，週末在埃德利扎島墜崖身亡的女生。」

「當真？我的媽呀！」戶瓦德握拳捶桌。「妳說真的？」

瑚達點頭。

「妳覺得他可能有罪？」

「我不知道該做何感想了。」

「這個嘛，可能是家族遺傳？」

瑚達挑起眉毛。「喔，少來了。」

「嘿，我說真的，總有這種傾向。要是我就絕對不會排除可能。」

「我不能因為他父親的罪逮捕他。你是這個意思嗎？」

「瑚達，別忘了小孩是父母的翻版。」

第三十四章

媒體開始問東問西，等瑚達回到辦公室，桌上已有好幾封留言，都在問那晚小島上發生的事。與其浪費時間回覆，她判斷處理別的事能更妥善利用今天的時間。幸好新聞還沒洩漏警方把案子當作潛在的謀殺案處理。

基於她得知的最新資訊，她迫切需要跟達格談，不過她想先確保自己熟悉維圖利帝一案的所有細節。最簡單的方法就是請利德許告訴她，但她不太喜歡，畢竟她厭惡那個人——想必他也有同感。然而當年他負責調查；這個案件讓他嶄露頭角，推著他更上一層樓。當時他甚至小有名氣，頻繁出現在媒體上談論調查狀況，扮演大眾可以信任的角色。她必須承認他很在行，但瑚達仍不相信他，她一直說不上來為什麼。

不過瑚達骨子裡知道，她終於迎來她的大案子了。她必須把握機會，才能突破障礙，獲得更高的聲望和更好的薪水。仔細想想，或許現在她應該克服不願面對鎂光燈的習慣，召開記者會。她不像利德許是天生的表演家，但她需要成功，而且如果她破案，她的成就必須眾所皆知。

等她做好心理準備，走去找利德許，卻發現他出城去了，著實掃興。同事告訴她，昨天下班後，他去了博爾加峽灣的度假小屋，那邊沒有電話。利德許跟瑚達一樣，還沒養成隨身攜帶行動電話的習慣，不過從當前的趨勢判斷，不久警局就會要求他們帶了。在那之前，瑚達打算盡情享受自由，上司不用時時刻刻找得到她。

幾經考量，她覺得趁天氣好，開車出去跑跑也不錯。她的斯柯達轎車最近剛花大錢保養，沿著西海岸開去博爾加峽灣應該沒問題。嗯，非常好的主意。

瑚達永遠不會厭倦從雷克雅維克沿岸往北的道路，沿路無與倫比的景色包含幾座她最喜歡的山：碟子般的阿克拉山獨自聳立在半島上，埃夏山的平坦山頂雄偉極了，史卡黑地山的山脊高高隆起。她甚至不討厭要花時間繞過鯨魚峽灣，因為這段路不用多久便會成為歷史。橫跨峽灣口的隧道預定明年開通，可以把行車時間從一小時縮到七分鐘。不過她會懷念沿路的山海全景，整齊的農場和稻草田上圓滾滾的白色稻草捆捲，熟悉的舊捕鯨站地標，以及戰時留下來的活動式營房。

她繞過哈芬納爾山肩，博爾加峽灣終於映入眼簾。峽灣東北兩側緊鄰平坦開闊的鄉間，群山聳立在遙遠的背景。博爾加內斯是這一帶最顯眼的小鎮，有漂亮的白教堂，但不是她今天的目的地。利德許的度假小屋位在一個度假聚落，當年的設計看來擺明就是要讓訪客不方便找。雖然瑚達方向感不錯，她還是繞了好幾圈，才找到正確的死路，瞥見他的度假小屋。從路上看去，樺樹和灌木遮住房子的一部分。

她把斯柯達轎車停在利德許的四輪傳動大車後方，不禁再次思索他的薪水一定比她高上好幾階，跟他的職位、年齡和經驗完全不符。

她有些遲疑地敲敲大門，但沒有人應門，於是她繞到房子側面，看利德許是否在後院。她運氣不錯，逮到他站在瓦斯烤爐旁，裸著上身，戴著墨鏡，看到她顯得非常震驚。

「我的老天，瑚達！妳跑來做什麼？」他最初的訝異轉為笑意。

她虛假地說，「哈囉，很抱歉這樣冒昧跑來。」她心中苦悶地想，他有時髦的度假小屋，以及停在門前的奢華吉普車，她卻必須湊合著開車齡十年的斯柯達轎車，背大筆房貸住在小如兔籠的公寓，每隔幾年才能排到一週去警員公會在鯨魚峽灣的度假小屋，離雷克雅維克不遠……實在太不公平了。

「我只是很驚訝而已。我太太在休息，等一下再介紹妳們認識，妳們見過面嗎？」

「有，滿常見的。」

「喔，好。我想妳一定有急事吧，希望不是要拖我回辦公室啊。」他笑了。

「不用擔心。你有幾分鐘嗎？」

「當然。要吃漢堡嗎？我準備了很多。」

她正要婉拒，卻想起她餓壞了。「呃，好，謝謝你的好意。」

「一份漢堡加可樂，馬上來。」他又吐出她經常聽到的假笑。這個人渾身假兮兮，卻不影響他在局裡飛速晉升。難道她在忌妒嗎？

他走進屋內，馬上端著一塊鮮嫩多汁的大漢堡排出來，甩在烤爐上。爐子嘶嘶作響，噴起肥油。

「好啦，妳說吧。瑚達，發生什麼事讓妳大老遠跑來？」他玩鬧的語氣消失，變得公事公辦。

「我……呃，其實我想問你一個舊案子。你記得維圖利帝・道格森嗎？」

雖然他試圖掩飾，她發現他聽到維圖利帝的名字時，不自主嚇了一跳。他陷入沉默，但這個問題似乎不需要思考那麼久。

「維圖利帝，嗯，我當然記得他。」他終於回答，聲音沒有漏餡。「很嚇人的案子，太嚇人了。」他沒有轉頭又繼續說，「妳為什麼對他的案子有興趣？」

「這個週末我碰到他兒子，他叫達格。當年你見過他嗎？」

「呃……有。」利德許明顯不甘願回答，「我忘了他的名字，但我至少見過他一次，搞不好更多。我們逮捕他父親時，他整個抓狂。我們大清早過去，結果那孩子起來，開始大叫鬧事。那時候他其實也不小了，至少十八、十九歲。」

「十九歲。」瑚達替他確認。

「對。我覺得他……他永遠不會願意面對事實。」利德許終於轉頭，對上瑚達的視線，臉上表情控制得很好。「當然可以理解。碰上這麼駭人聽聞的狀況，那段期間他們家很不好過。」

他轉回去面對烤爐，隨口問道，「妳在哪裡碰到他兒子？」

「他跟我在處理的案子有關。」

利德許遠在度假小屋，沒有電話，照理講還不會知道埃德利扎島的事件已經升級成為謀殺案調查。

「喔，什麼案子？」他停了一下才問，「韋斯特曼納群島的死亡案件？」

「對，新證據顯示女孩可能遭到謀殺。」

「謀殺？可惡，我最好回去鎮上。」

「我在處理了。」她的聲音拔尖。

「該死。」他彷彿沒聽見她的話。「我跟太太說一聲就趕回去辦公室。對了，瑚達，妳想問什麼？」

「我只是想知道，」她努力平息瞬間的怒火，「當時你有考慮達格嗎？」

「考慮他？什麼意思？」

「他曾經是嫌疑犯嗎？」

「什麼？」利德許猛然轉頭。「他姊姊的謀殺案嗎？沒有，當然沒有，從來沒有。我想妳也記得，案情很單純。是維圖利帝做的，不用懷疑。」利德許口氣堅決，令人信服。聽起來他也深信不疑。

「你可以大略說明狀況嗎？那是你調查的案子吧？」她問道，雖然她早知道答案了。

「等我一下。」他從烤爐拿起漢堡排，揮手示意瑚達在陽台的椅子坐下，他自己坐在對面。短短一瞬間，瑚達忘了一切，純粹享受當下的美好。她品味剛烤好的漢堡香，感受溫暖的夏日空氣，沒有一絲微風。人生就該這樣——她的人生以前就是這樣。

利德許才坐下又馬上起身。「我去幫妳拿可樂。」

他走進屋內，很快拿著飲料回來。他坐回椅子上，開始回答她的問題：「沒錯，我從頭到尾負責調查，我必須說，過程非常順利。真是惡毒的犯行——父親殺害親生女兒。怎麼會有父親傷害自己的小孩？」

他的問題害瑚達背脊一陣顫慄。

「我有點忘了，警方在哪兒找到她的屍體？」

「西峽灣區。」他咬了一大口漢堡，用力嚼。「現場好血腥，就在他們家的度假小屋。乍看好像只有她一個人，但維圖利帝的毛衣就抓在她手裡，太明顯了。他無法否認是他的衣服，但他當然否認跟她同行。可是沒有人能解釋女孩為什麼自己去，尤其她跟父親以前經常一起去度假小屋。我們只能靠臆測填埔空白。」他又咬了一口，啃掉半個漢堡，忙著嚼食而停止說話。瑚達趁機品嚐自己的食物。她不得不稱讚利德許：他確實很會烤肉。

「我是說，」利德許吞下漢堡，繼續說，「以前他們會定期單獨自去小屋，不難猜測在那兒發生什麼事——他對她做什麼。然而到了最後那個週末，她長大了，一定決定要反抗了，至少我這麼想啦。他推倒她，她的頭撞到尖銳的桌角，失血過多而死。很難判斷現場扭打的程度，不過假如他沒拋下她流血到死，或許還可能救活她。案子造成群情激憤，一點都不意外。我猜妳也能想像，以這種罪名逮捕父親可不是開玩笑。」他看著瑚達。雖然他這麼說，她在他臉上卻看不到一絲同情。

「嗯，我懂。」

「他還酗酒，以前會大喝特喝，每次都消失好幾天。他戒過酒，至少重回正軌一次，但顯然後來又開始喝，因為他把度假小屋當作祕密基地，屋內到處都找到藏起來的酒瓶。我推論他殺她的時候一定醉了。我們無法證明，不過檢方自然把這當作攻擊的武器。」

「完全沒有合理懷疑的餘地嗎？」

「沒有。」利德許斬釘截鐵說，「維圖利帝絕對有罪，他最後自我了結，更是一舉消除剩餘的疑慮。他上吊自殺，不用靠天才也懂是什麼意思。他遭到起訴，沒戲唱了，但他想自己決定結局，就這樣。當然我想看他被判有罪，但他顯然無法承受他做的好事，我也能理解啦。」

「回來講他的兒子吧。他可能在場嗎——我是說在度假小屋？」

「他的兒子？那個少年？不可能，絕對不可能，沒有證據顯示他在場。」

「你們有調查他在場的可能嗎？」

「不算有，他只是個小孩。我跟妳說，答案想都不用想。那個週末維圖利帝一個人，偷偷躲起來喝酒。他宣稱他在鎮上，卻沒有不在場證明。他太太跟朋友去旅行，兒子也不在家。他懇求我們相信他……但事實就是他們一起去了度假小屋，他女兒不太可能自己跑去。」

「他的女兒叫什麼名字？」

「凱特拉，當時她應該二十歲。大家對她都讚不絕口，說她個性開朗活潑，有點愛捉弄人。」

「這是什麼時候的事？」

利德許回想一下。「呃，八零年代末期……一九八七年，對，沒錯。十年前。」

「凱特拉有男朋友嗎？」

「顯然沒有。我有四處問問，跟她幾個朋友談過。」她看得出來他失去耐心，不想回答她的問題了。

「你記得是哪些朋友嗎？」

「什麼？不記得，我忘了。」

「檔案裡有他們的名字嗎？」

「我很懷疑，我只私下問了幾次。」他重重嘆了一口氣。

「我跟達格談的時候，他完全沒有提到這件事。牽扯上兩起謀殺案……總有人會覺得有問題。」

「喔，少來了，瑚達。說他牽扯上兩起謀殺案有點過份吧，死者是他姊姊，他只是無辜的受害者。」

利德許突然站起身。

他的意思很清楚，於是瑚達也跟著起身。「謝謝你幫忙，利德許。」說完她才狀似想到補問，「他有自白嗎？我是說維圖利帝。」

「他沒有正式承認，但答案明眼人皆知。相信我，瑚達，妳查錯方向了。這兩個案子沒有關係，完全不可能，別想了。」

第三十五章

凱特拉。

二十歲陳屍在度假小屋。

後來炎陽高照的那一天，瑚達整天都窩在辦公室，研讀舊檔案。利德許堅持凱特拉的死和埃德利扎島的事件不可能有關，卻跟瑚達的直覺剛好相反。她必須更了解凱特拉的謀殺案，而最簡單的方法就是再找達格談。

利德許邊吃漢堡邊講的案情概要其實頗清楚。事件發生在十年前，一九八七年的秋天。凱特拉家的度假小屋位在偏遠的黑達魯許山谷，距離伊薩深峽灣南岸無人居的莫伊峽灣不遠，她就陳屍在屋裡。伊薩菲厄澤的警探安德烈·安德烈森發現屍體，瑚達心想或許應該找到他，聽聽他的說詞。

從照片判斷，現場怵目驚心，到處是血。如利德許所說，凱特拉往後摔倒，撞上桌角，頭部受傷。她的屍體死後多天才被發現，瑚達想像最初抵達現場的人看到什麼景象，不禁打了個哆嗦。

依照利德許的說法，維圖利帝的冰島毛衣害他露了餡：凱特拉把毛衣抓在手裡。說來奇怪，照片中都沒看到毛衣，但安德烈的聲明證實這項細節，並說明他在檢查女孩有沒有脈搏時，可能挪開了毛衣。

假若如此，他的行為可說非常不尋常——居然移動犯罪現場的證據。沒錯，瑚達越發覺得必須跟安德烈談談。

厚厚整疊文件最後一頁是一段簡短的聲明，報告囚犯自殺身亡。

瑚達用最溫柔的聲音說，「非常抱歉打擾兩位。」克拉拉的父母住在科帕沃於爾的獨棟小屋，房子看來建於七零年代，距離達格家只有幾條街。「不知道現在方便講話嗎？不會太久。」

克拉拉確認死亡不久後，警方代表就偕同牧師告知了她父母死訊。從他們憔悴的臉色看來，夫妻倆明顯還沒平復震驚的情緒。

「喔……好吧，請進。」女子應該是克拉拉的母親，看來五十幾歲，臉色蒼白，留著一頭短髮，戴老式眼鏡。「我叫阿格妮絲，這是我先生維哈木。」稍微停頓後，男子說，「你們就不能放過我們嗎？」他情緒激動，但口氣很抱歉。「妳在調查她的死亡案件嗎？」

瑚達靜靜回答，「對，我負責這個案子。」她跟著夫妻倆走進起居室，注意到氣氛寂靜孤寂；燈都關著，窗簾都拉起來。瑚達闖進他們的傷痛，深感不自在。

「妳有……？」維哈木啞聲問道，接著清清喉嚨，再問一次：「妳快查出她怎麼……摔下去了嗎？」

瑚達小心翼翼回答，好減輕隨後的衝擊。「我們在檢視各種原因。有可能……有可能她跟別人扭打。」

克拉拉的父親驚呼。「妳……妳的意思是？扭打？」

「可能有人推她一把。」

「什麼？不，不可能。」阿格妮絲反駁，「不，我不相信。」

瑚達問道，「她跟一起去島上的人熟嗎？」

「他們是很多年的朋友了。克拉拉念中學的時候，他們形影不離。」

「可以告訴我她的朋友圈有誰嗎？」

這次克拉拉的父親搶在妻子之前回答：「同樣那群人……達格和班尼，還有亞莉珊卓。當然還有凱特拉。」他說最後一個名字時聲音扁了下去。

「啊，對。」瑚達說，「凱特拉，在西峽灣區過世的女生。」

「妳是說謀殺吧。」阿格妮絲說，「真是太可怕，太可怕了。」

「你們能告訴我當年發生什麼事嗎？」

他們回以沉重的沉默。

接著克拉拉的母親搖搖頭。「我覺得不妥。」

瑚達遲疑了一下，不確定該壓迫他們到什麼程度。

「那不是我們家的事。」維哈木終於說，「妳應該跟她……跟凱特拉的家人談。」

「克拉拉和凱特拉親嗎？」

他們又停了好一會兒，克拉拉的母親才說，「她們是最親的朋友。」

瑚達感覺她還有話要說，便繼續等。

女子壓低聲音說，「凱特拉過世後，一切都變了。」

「什麼意思？」

這時克拉拉的父親站起身，輕輕將手放在妻子肩上。「現在別講這些，」他說，「請讓我們單獨靜一靜。」

瑚達對此無以回應。她本來希望聽到更明確的資訊，但她絕不願讓克拉拉的父母更加難過。

「很抱歉打擾兩位，」她站起身說，「請節哀順變。我會定期告知你們調查進度。」

克拉拉的母親說，**凱特拉過世後一切都變了**。瑚達現在非常確定，凱特拉的死或許就是破案關鍵。

有這麼巧的事嗎？兩個女孩凱特拉和克拉拉屬於同一群朋友，相隔十年遭到殺害，而且在謀殺很罕見的冰島，第一名受害者的朋友還是這次唯一在場的人。嗯，可惡，這兩個案子一定有關。除此之外，她還必須合理考慮同一名凶手可能犯下兩起罪行。

可能嗎？這群朋友中有人謀殺了兩個女孩？

班尼迪克？瑚達無法排除他；她只知道他沒有全盤說出事實。

亞莉珊卓？她外表看來害羞緊張，但骨子裡會不會判若兩人？

還是達格？凱特拉的弟弟。惹人憐的穩健年輕人親眼目睹父親因謀殺罪名遭到逮捕，他一直激烈抗議，甚至威脅警察。難道他謀殺了姊姊，父親替他一肩扛下？他母親又扮演什麼角色？嗯，瑚達也需要找到她。

她無法排除達格或許要為凱特拉的死負責，因此維圖利帝可能無罪。這套論點雖然駭人，卻比其他解釋符合事實。相較親弟弟，其他朋友跟凱特拉的羈絆都沒那麼深，而且他跟家人應該都能進出度假小屋。最重要的是，如果維圖利帝無罪，他是否為了保護兒子自殺？可是為什麼達格會想殺害凱特拉？

該採取動作，把達格叫進警局正式偵訊，關他在拘留所一晚不得安寧。或許過往的一些祕密能因此浮上水面。

第三十六章

回到刑事偵查部，瑚達接獲壞消息，發現利德許已回到鎮上，急著想見她。她懷著沉重的心走向他的辦公室，沿路腦袋猛轉，思索他想做什麼，非常擔心他會試圖從她手中搶走案子。不過利德許的上司已把案件交付給她，除非失職或犯下嚴重疏失，幾乎沒聽過調查半路撤換警探。

她走進利德許的辦公室，有點冷酷地向他打招呼，「你好。」他站在室內，皮膚曝曬太多太陽，紅得像龍蝦。

他說，「嗨，瑚達。」或許是聽到她的語氣，他趕忙安撫她：「我雖然趕回來，可沒有要搶妳的功勞喔。調查還是妳負責，不過如果有需要，我可以幫妳一把。畢竟十年前我調查那起案件，對相關人士比較熟悉。妳覺得如何？」

「好……呃，好呀。」她努力擠出真誠的口吻。

「很好，很好。瑚達，我跟妳說，我一直想跟妳合作——應該說想跟大師學習吧。真是不可思議，我們從來沒有一起辦過案。」他咧嘴笑了。「接下來要做什麼呢？」

「我想……我要找達格來，正式偵訊他。」

「好，太好了。再告訴我他什麼時候來，我跟妳一起去。我想會在刑事偵查部偵訊他吧？」

她點點頭，非常不開心事情變成這樣。

利德許擺明要他們等。

達格隔著偵訊室的桌子坐在瑚達對面。他準時前來，但臉上毫無血色，除非必要，一個字都不說。

「非常抱歉，」瑚達說，「請再等一下，我的同事等會兒就來。」

達格點點頭。

他們感覺在沉默中坐了很久。

隨著時間過去，達格明顯越來越緊張。瑚達意識到遲到或許是利德許刻意的招數。

終於有人輕輕敲門，利德許本人走了進來。

「抱歉我來晚了。你好，達格。」他語帶輕鬆的威嚴，朝達格伸出手。

達格抬頭，又定睛仔細看了他一眼。「他在這裡做什麼？」

瑚達說，「我想你們認識？」

「我們很久以前見過——十年前了吧？」看來達格不打算跟他握手，利德許便把手收回來。

瑚達的視線仍放在達格身上。

他點點頭。「喔，我記得你，我當然記得你。就是你逮捕我爸爸。」

「對，」利德許說，「當時我們雙方都不好過。」

達格突然強烈反駁，「你明明知道他無罪。」

「達格，利德許會參加今天的偵訊。」瑚達插嘴，口氣不容異議。「我們需要談談你姊姊過世的事。」

達格點頭，看似突然洩了氣，彷彿喪失抗議的力氣。

繼續下去之前，瑚達告知他現在是潛在嫌犯，因此可以請律師陪同。

他搖搖頭。「我沒做錯事。」接著他低聲說：「我爸也是。」

「你跟朋友在島上騙了我。」利德許還沒能反應，瑚達就搶先開口，不給他機會掌控偵訊。

「騙了妳？」

「你們沒有提到你們跟十年前另一起謀殺案有關。」

「妳沒有問。」

「是因為你們想隱瞞什麼嗎？」

「不是，完全沒有。我們只是想說難得重聚，緬懷一下凱特拉過世十年了，但除此之外，這趟旅行其實與她無關。」他弱弱地補上一句：「再怎麼說，我們都跟凱特拉的死無關。」

他說完後，瑚達任沉默降臨。

彷彿被迫繼續，達格又補上：「沒錯，凱特拉是我姊姊，也是亞莉珊卓、克拉拉和班尼的朋友，但就這樣了。為什麼要舊事重提？這又不干克拉拉的事。」

「但我們第一次談的時候，你們就該提到了吧？」不過瑚達有些同情達格，她可以理解他為什麼不想提起過去悲傷的一章。

「可是我們……我什麼都沒做。」達格重複一次，擦掉額頭的汗水。

「為什麼你說父親無罪？」

「因為他**真的**無罪。」他強硬回答，「妳知道警方怎麼說嗎？妳知道嗎？他們說他多年來都在侵犯我姊姊，然後帶她去鄉下殺了她！我了解我爸，他是好人。」達格的聲音近乎哽咽。「他是好人。沒錯，他會喝酒——他戒過酒，卻又偷偷開始喝，但他從來沒拿我們出氣。而且酒沒有把他變成禽獸，只讓他變得脆弱，成為警方簡單的目標。他們的調查有夠差勁，沒別的嫌犯可怪罪。」他一面說，一面瞪著利德許，臉龐因為怨怒而扭曲。

瑚達無視他的情緒爆發，用上令人信服的口氣，彷彿在跟朋友聊天。「達格，上個週末發生什麼事？」

「就……沒什麼事。克拉拉死了。我要重複多少次？一定是意外。」

瑚達問，「兩個女生是朋友，都遭到謀殺。就算相隔十年，你不覺得太巧了嗎？」

「我不認為……」他的聲音稍微顫動，接著恢復力道：「我不認為她遭到謀殺。隨妳怎麼想，但小島上只有我們四個人。我認識其他人，我認識我的朋友，他們不是殺手！」

不得不說，他聽起來確實很誠懇。

瑚達任由沉默拖長，接著說：「達格，你很確定你父親沒有謀殺凱特拉？」

「百分之百肯定。」

「那凶手是誰？」

「我怎麼會知道？」他的聲音顫抖。

「達格，可能是你們當中的誰嗎？」

他劇烈搖頭。「天哪，不可能！」

「比方說，亞莉珊卓或班尼迪克？」

「不可能……」但這次他聽起來沒那麼肯定了。

「或者是你，達格？」

他不應該訝於她的指控，但他仍全身一顫，虛弱地反駁：「我沒有動她——」

瑚達打斷他：「達格，假如我們承認你父親沒有謀殺凱特拉，凶手其實另有其人，逍遙法外，上個週末再次出手。這個人跟凱特拉很親，人又在島上……我得說，你會排在我的名單最前面。」

他從椅子上跳起來。「妳在開玩笑吧！」

「抱歉，我很認真。利德許，你認為呢？」瑚達轉頭看他。

他對上她的視線，表情難以判讀，但沒有回答。

瑚達催促他，「除了維圖利帝，凱特拉的謀殺案還有哪些主要嫌犯？」

「維圖利帝有罪。」利德許直接說，「沒必要做別的假設，他罪證確鑿。」

瑚達回頭看著達格。「請坐，我們必須好好討論。」

「沒……沒什麼好討論的。」話雖這麼說，達格仍坐了下來。

「我得說，達格，你們閉口不談之前的謀殺案，看起來非常可疑。你們都認識凱特拉，或多或少都跟她有關係，不是嗎？」

他不甘願地點頭。

「你們總該知道警方會認為這是相關資訊。」

「妳必須了解，要我談那件事很痛苦。而且……而且說實在話，我以為妳早就知道，不然就是很快會發現。但是這兩個案子沒有關聯，不可能。」

「你看來很肯定父親無罪。」瑚達直瞪著他說，「你有試著要警方重啟調查，或者──？」

「或者什麼？自己調查嗎？我又不是偵探。況且別忘了，當年我只是個小鬼，我只有精力支援爸爸，相信他，我也以此為傲。當然……當然我也想知道誰……」他停下來，瑚達看出他快哭了。他咳了一聲。「當然我也想知道誰殺了姊姊，但我想永遠不會有答案吧。凱……凱特拉的死毀了我們的人生，爸爸被逮捕，媽媽……」

瑚達等他繼續，但達格沒再多說。

「你本來要說母親怎麼了？她還活著嗎？」

「對。」

「她沒有跟你住？」

「沒有，她住在養老院。凱特拉和爸爸過世後，她好像就放棄了，縮進自己的殼裡，不再出門，不再跟別人說話，失去活著的興趣。醫生找不出她身體哪裡有問題，但怎麼診斷都沒差了。很難解釋……」

瑚達點點頭。「我了解。」汀瑪過世後，她也曾站在深淵邊緣往下看，但經過內心的無比掙扎，她決定繼續奮戰，在可行範圍內復仇，然後盡可能活下去。然而她的日子往往空虛；她努力不要閒下來，但背後卻迴盪空洞逼人的回聲。不過她仍固執前行，不打算放棄：放棄有什麼好處呢？

瑚達問道，「你知道母親為什麼這樣反應嗎？」

「什麼？不知道，或者……其實我常猜想是不是藥的關係。」

「藥？」

「對，醫生給她吃各種藥……凱特拉和爸爸過世後……可想而知，她跌落谷底。我必須一個人處理所有的事——家裡的財務，我們的房子，都是我負責。她患了憂鬱症，醫生開始開一堆藥給她，想幫她振作。有時候我懷疑那些藥弄壞了她的身體，但或許她就是沒有從創傷中康復。」

「有沒有可能……」瑚達試著圓融地說：「有沒有可能她躲進另一個世界——容我這樣形容——因為她無法面對你父親殺了姊姊？」

「不可能！」達格怒吼，「因為不是他。」

「我不是說他一定有罪，只是你母親可能認為是他。有可能嗎？」

達格說，「不可能。」不過他沒那麼生氣了。「她……她也相信爸爸，跟我一樣。」

「你們討論過他是否有罪嗎？」

達格搖頭。「沒有，我們都很肯定他無罪。」他靜了一下，又繼續說：「我想她確實可能……可能有所懷疑吧。都是他害的！」他朝利德許的方向戳戳手指。「他……他們使盡全力讓爸爸看起來像壞人，擅自決定他有罪。當時我媽都崩潰了，我看得出來她開始懷疑，不知道到底該相信誰。」淚水沿著達格的臉頰流下，他尷尬地用袖子擦掉。

「你的朋友呢？」好一陣子沒有人說話後，瑚達問道，「凱特拉的死對他們有什麼影響？亞莉珊卓、班尼迪克和克拉拉？」

達格還沒回答，利德許就插嘴了。「瑚達，我想差不多了。」這次他無疑在下達命令。「我們可以到外面談一下嗎？」

他站起身，瑚達別無他法，只能跟著出去，留下達格獨自在偵訊室。

利德許用堅定但不失友善的語氣說，「瑚達，這樣不行。」

「什麼意思？」

「我們在調查島上女孩死亡的案子，不是十年前偵破的舊案。我不能靜靜坐在旁邊，聽妳質疑我的調查結果。妳問這一串問題，感覺就是想往那個方向走。」

瑚達忍住想反駁的強烈衝動，她知道不值得。他說的有道理，況且她沒道理激怒利德許，他顯然很介意她的問題。

「好吧。」她頓了一下才說，「今天就到此為止。」或許純粹是為了撐到最後，她沒多想又補上一句：「但我們不會馬上放他走。」

利德許沒說什麼。

「我們可以拘留他二十四小時，就好好利用吧。」

「妳真的覺得站得住腳？」利德許的聲音依然平穩合理。

「我想趁他有機會聯絡朋友前，再質詢他們一次。好吧，或許也對他稍微施壓，畢竟他是連接兩個案子的重要關鍵。我們需要查出他知道什麼，我有預感他沒有全盤托出。」

利德許聳聳肩。「好呀，就照妳說的做，瑚達。」

他沒多說就走了。

瑚達回到偵訊室，看到達格惴惴不安的眼神。

她友善地說，「不好意思讓你久等了。」她完全不確定抓的人是否正確。達格這輩子過得很辛苦，通常這時她會放他走，繼續調查。不過她雖然同情他，卻仍決定堅守她告訴利德許的計畫，因為她不能現在退縮。他們八成根本不需要用到二十四小時，只要幾小時就行了。除非她從亞莉珊卓或班尼迪克那兒聽到新資訊，警方才有理由向法官申請延長拘留時間。

她盡可能溫柔地向他解釋，警方懷疑他與克拉拉的死有關，因此要逮捕他。她強烈建議他找律師。

他急著反駁，「可是我什麼都沒做！」

瑚達說，「我也希望盡快釐清狀況，別把你留在這兒太久。」當下她的直覺仍在尖叫著說他們逮捕了無辜的人，或許達格父親的案子也一樣。

第三十七章

亞莉珊卓聽從瑚達的要求，來了警局。這次瑚達和她單獨坐在偵訊室的桌子兩端。利德許回家了，他半威脅說會再回來，但她很懷疑。天氣太好，不該困在室內。

她和藹地說，「非常謝謝妳過來。」

亞莉珊卓只點點頭，在椅子上不安扭動。來警局她顯然很焦慮。

「我們需要再聊聊上週末的事。」

女孩又點點頭。

「你們四個人為什麼去島上？」瑚達的聲音尖銳起來。

亞莉珊卓結巴說，「我們……我們……只是好友聚會……好友聚會……」

「所以跟你們的朋友凱特拉無關？」

「什麼？……喔，對……她十年前過世了。」

「所以你們才決定聚一聚嗎？」

「對……我想是吧。」

「妳想是吧？」

「這是我們聚會的藉口，因為我們……我們很久沒見了……不過一起去旅行本來就不錯，即使……跟凱特拉無關。」

「為什麼你們先前沒提到她？」

沉默。

「亞莉珊卓，為什麼？」

「就是……」

瑚達耐心等待。

「因為我覺得男生不想提到她。」

「喔？」

「我不知道。我只是……我只是在島上有這種感覺，畢竟他們都沒跟妳提到凱特拉。」她仍一臉緊張，進一步說明：「妳……妳應該懂吧？她是達格的姊姊，那個案子對他來說很難熬……還有他父親……妳知道他父親——」

「我知道。」瑚達打斷她。「你們有討論過他父親是否無罪嗎？」

「沒有耶，我們不太講那件事，太痛苦了。但我知道達格從來不相信他有罪，我也可以理解，畢竟是他爸爸，而且維圖利帝人真的很好。我很清楚記得他們一家——他們人都很好，維圖利帝和維拉——人非常好。當然，後來大家才知道維圖利帝……會酗酒……但我怎麼樣都無法想像他殺人，更別說自己的女兒了。」

「達格父母的關係好嗎？夫妻之間，還有跟小孩的關係呢？」

「嗯，非常好，大家都想當他們的家人。他們看起來總是好快樂……整個案子完全不可思議。」

「現在又發生另一起謀殺。」瑚達仔細觀察她。

亞莉珊卓眼神閃爍，避開瑚達的視線。

「另一起謀殺，同一群朋友……妳還認為沒道理提到她？」

「不是，我當然有想到……我希望妳不要覺得我有所隱瞞。」亞莉珊卓的聲音顫抖。「可是我無法相信，我就是無法相信克拉拉……被人推下去。」

「亞莉珊卓，可惜我們必須承認有人可能推了她一把。現在要問的是，誰推的？」

第三十八章

瑚達大可對亞莉珊卓大力施壓，但她有點可憐她。她覺得理當暫時對她好一點，等著看接下來的發展，必要時再加把勁就好。

既然利德許不在，瑚達決定回家路上順道去拜訪班尼迪克，而不是叫他來警局。她不期望聽到什麼新消息，但逼他提心吊膽也值得。

不過他看來不在家。瑚達按了門鈴，敲了門，都沒有人回應。時間已過晚上九點，她決定暫時收工，明天一早再來突擊。當然亞莉珊卓可能先聯絡他，告訴他瑚達問的問題，但瑚達希望不要：她感覺這兩個人並不太熟。

回到家後，沮喪的情緒湧上，而且她忘了吃晚餐，冰箱空空如也，更是雪上加霜。她的肚子咕咕叫，她一度考慮要首次嘗試叫披薩外賣，但這麼晚她懶得麻煩了。到頭來，她吃了一杯過期兩天的優格。

吃完寒酸的點心，她閒來無事，想想便打給查號局，詢問安德烈．安德烈森的電話。這位伊薩菲厄澤的督察十年前發現凱特拉的屍體，她沒跟他共事過，甚至不確定他是否在世，但他在維圖利帝一案中扮演的角色令她好奇。她不如趁機研究一下，看看兩名女孩的死有沒有關聯。安德烈或許能給她一點頭緒。

電話響了很久，終於有人接起來。

一名男子回答，「你好。」他清清喉嚨，又說一次：「哈囉，你好？」他的聲音低沉沙啞。

「請問是安德烈．安德烈森嗎？」

他粗聲說，「對，我就是。」

「我叫瑚達．赫曼朵蒂，隸屬雷克雅維克刑事偵查部。」她決定不要為了夜間來電道歉。

「什麼……妳說刑事偵查部？喔？發生什麼事了嗎？」

「不是，不是，沒事。我只是在想能不能問你一個舊案子。我沒有找錯人吧？你是伊薩菲厄澤的督察吧？」

「對——應該說前督察，我退休了。」

「原來如此。好吧，我相信你應該記得那起事件。十年前，你的轄區有一名年輕女孩陳屍在度假小屋。」

話筒另一端陷入沉默，瑚達一度以為男子掛了電話。

「你還在嗎？」

「嗯。」

「你記得這個案子嗎？」

他緩慢沉重地說，「我記得。」

「我只是想問你——」

她還沒能說下去，他就打斷她：「為什麼？」他更粗魯地說：「為什麼妳要舊案重提？」

「案子跟上週末發生的致死事件有關。」

「喔？什麼事件？」

「有個女孩在埃德利扎島摔死。」

「怎麼……關聯在哪裡？」

「過世的女孩剛好是凱特拉的朋友，就是——」

「該死，我知道，我沒忘記她的名字。」

「好喔。」瑚達的口氣依然客氣。「她們認識。她跟三個朋友去島上，每個人多少都跟凱特拉有關係。」

「妳說真的嗎？」他的聲音開始顫抖。

「對，我們已經逮捕其中一人。達格·維圖利帝森。」

「維圖利帝森？他是——」

「對，維圖利帝的兒子。」

「可是案子怎麼會有關呢？妳不會覺得……？」他沒有說完。

「當然，」她說，「不可能是同一名凶手。」

安德烈沒有反應。

「因為我想你也知道，」她繼續說，「維圖利帝謀殺女兒後，不久就自殺了。」

「可惡，我不需要妳告訴我。可是……小姐，我不想多談，妳可以自己讀舊檔案資料。」

說完他就掛了電話。

他粗魯的態度令瑚達有些震驚。他為什麼反應這麼大？她本來想再打電話回去，但感覺不太明智。不能馬上打，或許應該讓他冷靜一下，晚點再試。

或者她純粹太晚去電，惹到他了。

不管什麼原因，她的預感再次強烈告訴她，他們拘留的人錯了。她的思緒飄向達格，想像他的感受，並思索她是否犯了錯，不該鼓勵自己逮捕他，拘留他，只為了向利德許炫耀……可惡。

她確實可以下令放了他，但看來絕對會像示弱。沒辦法，只能這樣了。她還需要再跟班尼迪克談。

睡覺前，瑚達從起居室的抽屜小心拿出羅伯寄給她的信封。她從美國回來已經兩個月了。得知父親過世後，她請那位與父親同名的男子幫一個小忙：既然他認識父親，能否給她一張父親的照片——新舊都可以？羅伯說印象中他手邊沒有照片，但他答應盡量替她找一張。一個多月後，她收到來自美國的信，看來沒什麼，裡面的東西卻對瑚達無比珍貴。照片中是一名穿制服的男子，不是原照，而是品質很好的老照片影本。就是他了，栩栩如生：瑚達的父親。年輕人看來剛過三十歲，英俊挺拔，頂著濃密捲曲的深色頭髮。他眼中的笑意勝過上揚的嘴角，眼睛看向一旁，沒有對上女兒的視線。自從照片寄來，瑚達每天晚上都拿出來看，忍著刺痛眼瞼的淚水，幻想如果出生以來就認識父親，她的人生會變得如何。她是否會搬去美國，不會認識勇恩，不會生下汀瑪，不會體驗現在主宰她人生的悲傷……？

吵鬧的鈴響吵醒她。

她睡得沒有很沉，反應很快，立刻跳下床，跑到電話旁。

「瑚達，妳現在就得過來。」利德許打來的。

她嚇了一跳。不知為何，她腦中馬上想到：達格出事了嗎？

不過她只問：「怎麼了？」

「達格，他完全抓狂了，我們只得找醫生來。關在拘留室把他腦袋搞糊塗了。我們有讓他冷靜一點，但他堅持要跟妳談。他不肯跟我說話，非要妳不可。他還是不太——呃——高興當年我逮捕他父親。」

「好，我馬上過去。」她掛掉電話，急忙穿上衣服。

第三十九章

「我想單獨跟妳談，不要他在場。」他聽起來很倔強。

瑚達可不打算跟囚犯談條件。「達格，利德許哪兒都不去，沒得談。你想找我，是要說什麼呢？」他們在偵訊室裡。

達格頑固地沉默好一陣子，才脫口而出：「我……我做不到……再關下去我受不了！我就是……我一直想到我爸，想到警察在我面前逮捕他。他也關在這樣的牢裡，但他也受不了。天知道他怎麼拿到那條該死的皮帶，上吊自殺。我在裡面無法呼吸……我覺得要窒息了。」

「達格，我可以理解，我知道不容易。不過我聽說你有新消息想告訴我們。」

又是一陣沉默，然後他說：「對。」

瑚達繼續等。

「我本來沒有要提……但我非離開那間牢房不可，我受不了！」他的聲音染上一絲歇斯底里。

沒有人說話。

「跟班尼有關。」達格終究繼續說，「當然，我絕不希望害他惹上麻煩。我們……我們以前是朋友，但是……」他頓了一下。「我不知道他有沒有跟妳說，克拉拉過世那晚，他陪她一起熬夜。她不想上床睡覺，他就提議陪她多待一會兒。我不知道他們做了什麼，他陪她多久……」

「真有意思。」瑚達說，「我第一次聽到這件事。」

「當然，不一定就是他……他……」

「當然不是。」瑚達同意。

「不過我還想告訴妳一件更重要的事。之前妳去班尼家，發現我在場，妳其實撞見我們在吵架，爭執關於——」

利德許粗聲質問，「什麼？」

「我在跟**她**說話，不是你。」達格反駁，刻意轉向瑚達。「我們在島上時，班尼提到我姊姊，還講了凱特拉以前喜歡說的老故事，說我們的祖先遭判火刑，據傳變成冤魂，而她可以感到他的存在。我聽過這個故事不下一次，但我完全不記得她告訴班尼。我跟妳說，每次我們去西峽灣區的度假小屋，她都會提這個故事。我姊姊個性有點誇張，整個故事肯定是她編的。沒錯，那個人被活活燒死，但度假小屋沒有鬧鬼，可是凱特拉很喜歡跟造訪小屋的旅客說有──故意誇大嚇他們。結果班尼突然說他聽過這個故事。就我所知，班尼從來沒去過度假小屋。於是我質問他，要他解釋她是什麼時候告訴他的，那個混帳就開始閃爍其辭。然後我就知道了……」

短暫停頓後，他繼續說：「然後我就知道，她過世的時候，他跟她在一起。我去找他，逼問他──我們就在吵這件事。他沒有確切否認，但也沒有承認就是了。他當然無法當著我的面撒謊。至於你……」他停下來，怒目瞪著利德許。「我一直說你逮錯人了。因為班尼如果跟凱特拉在一起，我爸就不可能在場。也就表示有可能……」他遲疑一下，「我不想承認，但有可能班尼殺了我姊姊。」他把臉埋進雙手，呼吸變得急促。當他再次抬頭，淚水忍不住流了下來。

第四十章

刑事偵查部派警員去班尼迪克的公寓，帶他進來接受偵訊。訊問完他，瑚達才會決定是否讓達格無罪獲釋。出於同情，他們同意讓達格在牢房外拘留，目前他坐在警局的會議室，有基層警員守著。

利德許看來比稍早有精力多了，絲毫沒有要離開的意思。他和瑚達面對班尼迪克，坐在先前偵訊達格的房內。同樣的場景，不同的人。或許這次他們抓對人了——他可能犯下不只一起謀殺案。

「你們找我做什麼？」班尼迪克問了第三次。瑚達還沒回答；她在等待適當時機開啟話題，不過她至少從眼前的文件堆抬起視線，向班尼迪克說明狀況，宣讀他的權利。班尼迪克跟達格一樣，拒絕找律師，聲稱他無罪，整件事都是「該死愚蠢的誤會」。

「對了，今天晚上你在哪裡？」瑚達問道，「我去了你的公寓，但你不在家。」

「我出去喝酒，這違法嗎？」

「班尼迪克，我聽說週六晚上其他人就寢後，你陪克拉拉待在樓下。」她密切觀察他的反應。

看來她的問題沒讓他亂了陣腳。「對，一下子而已，就多喝一杯。我不想丟下她一個人。」

「你沒告訴我們。」

「我覺得不太重要。」

「你是最後看到她活著的人。」

「怎樣，妳當真認為**我**殺了她？我沒有殺她！」他拔高聲量。

「你們聊了什麼？」

「天哪，我不記得了。酒後的廢話吧，我們都有點醉了。我多喝一杯就上樓睡覺了，大概十五分鐘、半小時左右吧，我不確定。我沒急著上去，因為我想給達格和亞莉珊卓機會……妳懂吧，給他們一點空間。」

瑚達問道，「他們之間有什麼嗎？」

「沒有，但我們年輕的時候，他們絕對有來電。她一直對他很癡迷，我想她愛他吧。不過我認為什麼都沒發生，畢竟她現在都結婚了，不會放縱自己，達格向來又那麼客氣害羞。」

「你上樓的時候，他們睡著了嗎？」

「對，睡在各自的床上，非常安靜。」

「克拉拉呢？你留她一個人在樓下？」

「對，她說要出去散步，醒醒腦，享受大自然的美。我沒辦法阻止她。」

瑚達問道，「然後呢？」

「然後？我累死了，就睡著了。我跟妳講過很多次，我不知道發生什麼事。」

瑚達喝了一口水，假裝翻閱眼前的文件，看準時機準備施壓了。

「我想跟你談談凱特拉。」

這回他明顯不知所措。

「凱特拉？」他頓了一下，又重複一次：「凱特拉？」

「對，我想你記得她吧？」

「我當然記得她，我只是想不透妳為什麼要問她的事。距離……距離她……過世都十年了。」顯然要他談這件事很難。

「我只是很訝異你們都不覺得要提到她。」瑚達就事論事說，「如果警方知道你們都跟以前這件謀殺案有關，調查就會進展快多了。」

「可是我們跟她的謀殺無關，妳為什麼會這麼想？」

「喔？我以為你們是朋友——你、達格、亞莉珊卓、克拉拉和凱特拉？」

「對，沒錯，但這有什麼關係？」

「還有你跟凱特拉，你們不是……？」

班尼迪克馬上撇開眼睛。當他再對上瑚達的視線，她從他的表情推斷她說中了。或應該說，達格說中了。

然而他沒有回答。

「你和凱特拉在交往嗎？」

「沒有。」他的口氣很沒說服力。「我不知道妳哪來的主意，也不知道為什麼……為什麼我要回答。這是私人問題。」

「她過世的時候，你們一起在度假小屋嗎？」

班尼迪克的視線落在桌上，接著他突然毫無預警把臉埋進雙手。他不發一語，房內陷入漫長的沉默。瑚達一點都不急。

最終班尼迪克放下手，抬起頭，點了點頭。

第四十一章

先前達格承受不住偵訊的壓力而崩潰時，瑚達感到一絲同情，或至少有點感同身受。現在班尼迪克淪落到同樣地步，她卻冷漠疏離地看他受苦。或許是相較於班尼迪克，達格更容易親近，更惹人憐愛；或許只是因為達格被迫經歷慘痛悲劇，她忍不住可憐他。他在難以啟齒的情況下失去姊姊，隨後失去父親的過程也同樣痛苦，現在實質上又失去了母親。他在世上孤苦無依，就像瑚達。

班尼迪克終於繃緊聲音說，「我想……我想要找妳剛才說的律師了。」

瑚達站起身。「沒問題。」

「不過別誤會：我沒有殺她。」

瑚達瞥向利德許，但他無動於衷坐著。

她問道，「我要現在替你找律師，還是你要繼續跟我們談？」

「結束後我再聯絡律師就好。我只是不希望你們以為……我殺了她。」

「殺了誰？」

「當然是凱特拉。」

「克拉拉呢？」

「克拉拉？沒有，我也沒殺她！」他大叫起來。「我發誓沒殺任何人！」

「可是你跟凱特拉一起去度假小屋？」瑚達的問題尖銳，不給他時間思考。

「對……對，我跟妳說……」他又用雙手摀住眼睛。等他挪開手，淚水順著臉龐潸然流下。

「你之前怎麼沒出面告訴警方？」利德許插嘴，重重一捶桌子。「小鬼，你在撒謊嗎？」

「撒謊……？沒有，我……我們彼此相愛，我和凱特拉。那個週末我們第一次出遊；我們剛在一起，沒有人知道。那是……那是我們的祕密。可是……」

他停下來，暫時說不下去。顫抖著吸了一口氣後，他才繼續說，「我們抵達的隔天早上，我出去散步。我爬上山谷，盡量往遠方走，不急著回去，因為凱特拉在睡回籠覺，我想給她充分的時間補眠。我不知道我離開小屋多久，大概三小時吧，回程路上我在按摩浴缸泡了好久。不，不是浴缸，是天然的水池，溫泉池……」

瑚達點點頭，鼓勵他繼續。

「然後……」他大口吸氣，淚水不斷流下臉龐。「天哪，時隔這麼多年，終於能說出口，真是如釋重負。達格上個週末發現了——他自己想通的……但是……等我回到度假小屋，她已經倒在地上，死了……」他聲音哽咽，又重複一次：「死了。」

「你們有爭執嗎？有吵架嗎？」

瑚達的問題似乎讓班尼迪克一愣。

「吵架？老天，沒有。沒有，我沒對她做什麼，我絕不會動她一根寒毛，不可能。你們一定要理解，一定要相信我。」

「你十年前沒有出面，」利德許冷酷皺眉，插嘴問道，「我們怎麼知道你現在說的是實話？」

「我當然說的是實話，我何必撒謊？」

這次瑚達搶在利德許之前。「當時你有看到附近有人嗎？」

「沒有，只有我們，但顯然一定有誰也在。秋天晚上很黑，度假小屋的位置又蠻隱蔽，從屋內其實看不到車子靠近。我在山谷更上方，完全沒看到到任何車輛——我離屋子太遠了。可是有別人在場——有人跑來度假小屋，殺了凱特拉。自此以來，我每一……天哪，我每一天都在想這件事。不過我想某種程度上，我仍然相信一定是維圖利帝下的手，因為警方非常肯定他們抓對了人。我必須相信，你們懂嗎？我必須……」

他徹底崩潰，聲淚俱下大哭，但仍繼續說：「因為如果凶手不是維圖利帝，他自殺就可能是我的錯……因為我沒說出事實，因為我不敢站出來，怕大家會責怪我。我不敢……那時候我好年輕，只是個蠢小孩……整件事像滾雪球一樣一發不可收拾。我以為警方會釋放維圖利帝，因為我知道他沒跟凱特拉在一起，除非他偷偷跑來……我知道警察搞錯了，但隨著日子一天一天過去，我越來越難出面。我沒有……沒有膽子。我還是覺得要為維圖利帝的死負責——我晚上做夢會夢到他；夢到達格，可憐的達格……昨天我看到他眼中的恨。他知道我撒謊，也就表示他知道爸爸自殺一部分要怪我。他爸爸過世又導致媽媽喪失活下去的意志……他失去雙親，都因為我。」

說完之後，他閉上嘴巴，不肯再多說。

瑚達試著誘導他繼續說，但沒有用。最後她向他說明警方會帶他去拘留所，派律師給他：這番自白後，他們不可能放他走。而且利德許說的有道理：這孩子撒過一次謊，難保不會再來一次？

或許他們逮到殺害克拉拉的凶手了。

不只如此，還有殺死凱特拉的凶手。她不禁刻薄地想，這樣利德許在警界最大的成就會一舉翻盤，變成最恥辱的失敗。

第四十二章

當下唯一可行的做法就是釋放達格，把焦點轉向班尼迪克。他們需要確認班尼迪克據實說明凱特拉過世前的狀況，毫無虛假。

想到維圖利帝可能遭到誣告，還因此自殺，令人非常不安。要說班尼迪克的自白讓利德許焦慮不已，算是輕描淡寫了。偵訊結束後，他就一直坐立不安，害瑚達不得安寧，無法專心調查。

她打算一早傳喚亞莉珊卓來接受進一步質詢。這麼晚不值得回家睡覺了，於是瑚達躺在辦公室的沙發休息了幾小時。她不是第一次在辦公室過夜，感受一如往常難受，畢竟沙發太短，無法伸展身體。

她倒是假寐了幾小時，才在早上給電話吵醒，是警方總機打來的。「瑚達，線上有人找妳，他給了妳的名字。他叫安德烈・安德烈森，妳要接嗎？」

「安德烈？喔，好，請幫我轉接。」她揉去眼中的睡意，伸了個懶腰。「你好，我是瑚達・赫曼朵蒂。」

「嗯，妳好，瑚達。」男子的聲音聽起來沒那麼粗魯了。「很抱歉打擾妳，也……很抱歉昨天在電話上那麼沒禮貌。妳的問題嚇了我一大跳，我好多年沒提起那個案子了。」

「不用道歉。」她等他說明來電原因。

「我在想，能跟妳見個面嗎？」

「見面？為什麼？」

「呃，我想告訴妳一些事證，能當面談最好。」他聽起來很緊張。

「你最近會進城嗎？」

「不會，問題就在這兒。我在想，妳介意跑一趟嗎？我……我整晚沒睡。我真的覺得是時候坦承一切，告訴別人了。妳有辦法搭飛機來見我嗎？」

「可能有點困難。」不過她答應思考看看，才掛電話。

當下她真的不想拋下一切，大老遠跑去西峽灣區，可是有個聲音告訴她，安德烈可能握有重大資訊。他的用詞和語氣；他請她去找他，不願在電話上討論……

她心想，可惡。她找出他的電話號碼，打回去。

「你好，又是我，瑚達。看來我應該去得成，下一班飛機是什麼時候？」

「九點有一班，妳大概還趕得上。」

她嘆了一口氣。「好吧，我試試看。」

瑚達不習慣搭國內線班機，她去山間旅行總是開老舊的斯柯達轎車或搭公車。上次她搭飛機去伊薩菲厄澤已經是好幾年前，當時還颳暴風雪，簡直是惡夢。不過這次天氣很好，航程也很順利。隨著飛機靠近，西峽灣的壯闊美景盡收眼底，平頂的高山垂直墜入深邃的峽灣，北方遠處無人居的豪斯川迪爾半島仍覆蓋白雪。下方滿是石塊的地面像刀割一般斷開，她在綠色山谷盡頭看到藍色峽灣，伊薩菲厄澤老城就坐落在峽灣尖端，新聚落的街道和房子則在附近畫出幾何圖形。飛機開始下降，以看似不可思議的角度飛向地面。瑚達屏住氣，緊抓扶手，做好準備。飛機好像朝著山邊直衝而去，她只看到一面岩壁，上頭都是溝股，邊緣可見碎石堆和幾抹綠意。她的心臟跳到喉頭，她感到自己無助地用腳剎車，直到看似最後一刻，飛機再次轉彎，前方出現緞帶般橫跨峽灣的馬路，再過去山海之間狹窄的低地上就是跑道，看來短得嚇人。她閉上眼睛，繃緊每束肌肉，不過降落時幾乎沒有搖晃。飛機滑行到航廈，小小的建築在宏偉的風景中更顯渺小。

安德烈本人頗矮，粗壯結實，戴著眼鏡，除了一撮白髮，頭幾乎都禿了。他沒有開車載她進城，反而提議帶她去凱特拉過世的地方。她同意後才發現距離伊薩菲厄澤很遠，但已經來不及了。起初她拼命想問他來電的目的，但他口風還是很緊，堅持到了度假小屋他就會解釋一切。

雖然碎石路顛簸，瑚達通常會很享受這段車程。他們蜿蜒行經深峽灣南岸鮮少人居的峽灣，遙望遠方如畫般完全天然的群山，以及碧綠的低矮埃席島和維澤島。新聞報導說深峽灣北岸的最後幾座農場都關閉了，因此西峽灣半島整個北岸從豪斯川迪爾到史奈佛斯頓都無人居住。她一直想去那兒爬山，便試著在腦中規劃明年夏天的健行行程，好讓自己分心，但沒有用：她滿腦子只想聽安德烈要說什麼，然後盡快回到鎮上，繼續她中斷的調查。

隨著時間過去，太陽逐漸隱身，低空的灰雲聚集在大地上方，讓景色越顯冷峻。開了一小時後，瑚達越來越不耐煩，問安德烈還要多久，他說還要半小時以上才會到山谷。除此之外，他沒有要溝通的意願，寧可播放歌劇的錄音帶也不說話。瑚達問他放的是什麼，他簡短回答，「普契尼的《杜蘭朵公主》。」

當瑚達告訴利德許她要去西峽灣區一趟，跟安德烈談談，他非常驚訝，而且不甚贊同。他逼問安德烈想做什麼，但瑚達據實以告，說她不確定怎麼回事。後來利德許仍盡力想勸阻她，說她應該全神貫注調查克拉拉的死，跑這一趟只是浪費時間。不過瑚達不是第一次反抗他，她堅持己見，平靜地說明她已訂好機票，不會違背她對安德烈的承諾。最後利德許只好放棄，改變策略，用不祥的口吻說「她不在時會幫忙她的工作」，訪談亞莉珊卓，或許再偵訊班尼迪克一次。現在乘車前往烏不生蛋的地方，她不住想到他在做些什麼。她無法判斷何者更糟：他搞砸她的調查，還是趁她不在時破案。

安德烈和瑚達終於來到山谷，開上顛簸粗糙的小徑，前往度假小屋。她立刻看出班尼迪克對周遭的描述頗為精確，從停車處看不見小屋，因此屋內八成看不到有人從路上過來。

他們下車後，她讚美道，「很漂亮呢。」

「以前很漂亮沒錯。」安德烈沉重地說，「現在我來只會想到那個死掉的女孩，就像昨天的事。」

「現在有人會使用度假小屋嗎？」

「我想沒有。據我所知，房子還在他們家名下，但出事之後，我就沒聽說有旅客來了。不過或許還是有人用吧，地點這麼偏僻，當地人不太會注意到。」

「有位凱特拉的朋友提到附近有天然溫泉池，真的嗎？」

「對，不過要走一段路，從這裡看不見。」

「如果有人沿路開車到小屋，從溫泉池看得到嗎？」

安德烈搖頭。「不行，看不到。妳為什麼要問？」

「我只是想了解附近的地貌。」

他們走向A字型小屋，房子年久失修，看來破爛極了。他們停在門口，安德烈看似不願意再靠近。

「妳可以……」他咳了一聲，重來一次：「妳可以從窗口往內看，我就算了。」

瑚達擦擦門邊窗戶骯髒的玻璃，瞇眼往內看，試圖回憶當時的照片，想像案發場景。她感知不到似乎糾纏著安德烈的陰魂，但親眼看到謀殺案現場，鬼魂的存在也彷彿真實了一些。

冷風竄進她輕薄的夏裝，烏雲低掛在山谷上方。天氣與她從雷克雅維克逃離的熱浪天差地遠，提醒她在國境西北，北極海冰層往往會漂近岸邊，把寒氣吹上大地。她打了個哆嗦。

「我得告訴妳一件事。」安德烈終於壓低聲音說，「為了尊重死者，我覺得應該在這裡說。」

「死者？」

「凱特拉和她父親。這樣講吧，我覺得我要為他的遭遇負一部分責任。」

瑚達驚訝地問，「怎麼說？」

「說來話長，」他說，「好吧，或許也沒多長。我本來都下定決心要把真相帶進墳裡，從沒想過會告訴別人。可是當妳打電話來，說妳調查的案子可能跟凱特拉的謀殺有關，我發現不能回頭了，我必須撥亂反正。而且不管後續如何，我想比起過去快十年，今晚我都會睡得比較好。」

「安德烈，告訴我發生了什麼事吧。」

他們面對彼此，站在陰鬱的烏雲下，吹著冰寒的夏日微風。

「整件事都是利德許的錯，我想妳認識他吧？」

「嗯。」

「他要我撒謊。」

「他要你撒謊？」瑚達不敢相信她的耳朵。她向來知道利德許野心勃勃，不擇手段，但如果安德烈說的是實話，他可是犯了警察絕不該犯的大忌。

「對，起初還算客氣，但後來真的太超過了。我本來不打算屈服——我知道撒謊不對。他希望我出庭作證，說我找到屍體時，女孩凱特拉手裡抓著父親的冰島毛衣。毛衣落在地上沒錯，但我滿確定找到她時，她沒有碰到毛衣。利德許年輕又有野心，我猜他決定無論如何都要成功定罪。他完全相信維圖利帝有罪，我也信了他，相信他的話。他說服我說維圖利帝自殺證明他有罪——我的作為沒有影響。可是我的作為當然有差，搞不好還是決定性因素。我作了偽證。當年我都要撤回證詞了——出庭不久後，我聯絡利德許，準備回到雷克雅維克說出事實，但還沒成行，那個可憐人就自殺了，於是我三緘其口。結果時隔這麼多年，妳打電話來，又挖起整件事。這次我不能再保持沉默了。」

「我的老天，一開始你為什麼撒謊？安德烈，我……我覺得很難相信。為什麼你會屈服於利德許，做出這種事？」

「我的原因很自私，我不指望妳理解，但或許妳能設身處地想想……」他頓了一下。「其實當時我欠了高利貸一屁股的債。妳記得那些傢伙嗎？我只能任憑他們宰割。結果我的高利貸債主遭到逮捕，開始到處說他借了西峽灣區的警察多少錢。利德許不知道怎麼聽說這件事，威脅要揭發我。我不能冒險——我必須考慮家人的名聲，我的妻子和孩子。妳總該能理解吧？」

他閉上雙眼，又睜眼仰望天空，避開瑚達的視線。「我背叛了那個女孩，背叛了她的父親。到頭來，我背叛了每個人。」

「我大概可以理解你這麼做的原因。」瑚達小心地說，「我也曾經有家人，能輕易站在你的角度想。」

「不過利德許做的不只這些。」安德烈趕忙說明，「他暗示一定會從高利貸的案子刪掉我的名字，還讓我的債務一筆勾銷。我不知道他怎麼做的，但那個該死的高利貸債主後來再也沒找我。我當然知道我的行為不可原諒……」

「安德烈，你願意給書面聲明並簽名嗎？如果你說的是實話，你不應該獨自承擔後果。」

「嗯，我願意。我可以開車載妳回去雷克雅維克，要好幾個小時，但應該還是比妳回去伊薩菲厄澤等下一班飛機快。我想跟妳一起回去給聲明，是時候了。」

「不過你的……」瑚達稍作遲疑，但覺得還是要問：「你的家人呢？他們會怎麼反應？」

安德烈對上她的視線，眼神慘淡。「太太離開我好幾年了。到頭來，我想她跟我在一起不太開心。那些事……那個案子改變了一切。」

「你的小孩呢？」

「小孩喔……現在他們也大了十歲，都成年了，我希望他們諒解。當然對孫兒輩比較辛苦，但我非做不可，我必須接納自己活下去。」

瑚達突然感覺安德烈在她眼前老了二十歲。她一瞬間想到自己的未來，往前飛躍二十、二十五年。她仍會孤獨一人嗎？遭到愧疚和後悔折磨？她會落得像這個支離破碎的可憐人嗎？她會向任何人坦承她的罪行嗎？

第四十三章

瑚達和安德烈傍晚回到雷克雅維克。安德烈在度假小屋自白後，再次陷入憂鬱的沉默，害往南的緩慢車程更加考驗耐性。回到城內，瑚達避開刑事偵查部辦公室，以免撞見利德許。她打電話給利德許的上司，請他陪同聽取安德烈的聲明。安德烈重述整起事件，沒有漏掉任何重要細節。

事後瑚達保證不會跟利德許討論，因為相關事宜都必須「透過官方管道」。不過她不打算遵守承諾。

一回到辦公室，她就去敲利德許的門。她知道要小心，不能透漏太多，但她等不及想看他聽到消息時臉上的表情。安德烈的指控非常嚴重，他必然會立刻遭到停職或解雇，可能還會面臨刑事處分，他的位子便會空出來給瑚達，她觀望已久的職位終於唾手可得。她如此冷血無情，不禁感到一絲良心不安——但只有一點。

如果她還能揪出殺害克拉拉的凶手，立基就更穩了。

「利德許，你有空嗎？只是想跟你講幾句。」

他一臉不耐煩。「好啊，但講快一點。誰叫妳跑去伊薩菲厄澤，我整天忙死了。我跟亞莉珊卓談過了，但沒啥成果。問我的話，我們拘留的人沒錯。就我們所知，班尼迪克是最後看到克拉拉活著的人，舊案子他也撒謊——」

「利德許。」瑚達打斷他，拉來椅子面對他坐下。她進來時已關上門。「等一下我說的話一定要保密。我只是想警告你……」她停下來，刻意拖長這一刻。

「警告我？妳在說什麼鬼？」

「安德烈，他提出對你很嚴重的指控。」

利德許臉色刷白。

「嚴重……嚴重的指控？」他結結巴巴，接著突然從桌後起身，開始在辦公室來回踱步。他問她，「什麼意思？」

瑚達恭喜自己長年的猜疑成真。她對這個人的直覺終究沒錯：他的紀錄太完美，**絕對**有問題。她回想過去這些年，他不費吹灰之力就搶到應該給她的職位。現在看他坐立不安，要是她還感不到一絲滿足，她就不是人了。「跟凱特拉命案的調查有關。」

「什麼？那次調查，那次調查……」他彷彿默默鬆了一口氣，不過不可能吧？或許是他給逼到絕境的不自主反應。

「他宣稱你——該怎麼說？——施壓要他做偽證。」

利德許沒有否認，也沒有承認。

「為了增加定罪的機率。利德許，是這樣嗎？」

「當然不是。」他頂回來，但口氣露了餡。他轉而放聲咆哮。「那隻老蠢豬什麼話都說得出來——當年他慘不忍睹，被某個高利貸掐得死死的。就這樣嗎？」

「這樣？」

「他就說了這些？」

瑚達心想，**這些還不夠嗎？**「對，就這樣了。」她冷酷說完，二話不說走出利德許的辦公室。

第四十四章

當天晚上，利德許便遭到停職，等候查證安德烈的指控。瑚達則獲得額外人力，協助調查克拉拉的案子，警方也請她處理十年前凱特拉謀殺案調查不周造成的問題。

工作壓力極大，雖然腎上腺素在血管中流竄，她仍感到倦意逐漸擊倒她。很久以前，她可以回家，在勇恩和汀瑪的陪伴中尋求救贖，暫時逃避查案的工作，重新充電，即使只是跟家人快快吃頓晚飯。然而現在她空蕩乏味的小公寓毫無慰藉，她只能鞭策自己更加努力，試圖抵禦倦意。

警方會繼續拘留班尼迪克。他坦承跟凱特拉一起去度假小屋，這次他也在島上，還是目前所知最後看到克拉拉活著的人。現在要問的是：克拉拉發現他跟凱特拉交往嗎？他是否被迫殺她滅口？目前這個論點最可行，不僅表示舊案抓錯了人，而且維圖利帝自殺的原因是警方疏失，或應該說司法不公。

瑚達拿出電話簿，打算聯絡克拉拉的父母，告訴他們警方逮捕了班尼迪克。然而最後一刻她改變主意，決定親自過去當面通知他們。她上次拜訪得到的資訊並不完整，或許這次能問出更多。

克拉拉的母親阿格妮絲替她開門，邀她進到起居室。她的先生不見蹤影，瑚達不禁鬆了一口氣。她覺得獨自面對母親比較容易，夫妻倆一起口風有點緊。

「很抱歉又來叨擾妳。」瑚達坐下後開口，「我只是想跟妳報告調查進度。」

「用不著道歉，我們都會盡力幫忙。抱歉我先生不在，他有事出去了，希望妳不介意。如果妳希望我們都在，他到家了我可以通知妳。」

「不用，不用，沒關係。」

「我來泡咖啡，上次沒請妳喝東西，真是沒禮貌。」瑚達還沒機會婉拒，女子就消失進了廚房。

她端來的咖啡結果偏淡，但瑚達還是喝了。她說，「不會多浪費妳的時間。」

克拉拉的母親這次感覺放鬆多了。「我也沒別的事好做。我說過了，我想幫忙。」

她雙頰緊繃，眼圈染黑凹陷的眼窩，明顯仍很憂鬱，但至少這次她穿著整齊，梳了頭髮，化了妝，試圖隱藏明顯的傷痛痕跡，或許是認為親朋好友會來致哀吧。

「我們還在努力了解事件的全貌。」瑚達解釋，「我們跟克拉拉的朋友達格好好談了一次。」

「嗯，凱特拉的弟弟。」

瑚達點頭。

「他一直是個好孩子——我不敢相信他會做壞事。」停頓一會兒後，克拉拉的母親問道：「你們不會認為他……？」

「沒有，我們……呃，質詢完就放他走了。現在我們拘留了班尼迪克。」

「班尼迪克？當真？他比較難懂，我向來沒有很喜歡他。」

「喔？」

「對呀，他和克拉拉交往的時候，我都不知道怎麼看待他。」

「和克拉拉交往？妳是說？他們是一對嗎？」

「妳不知道嗎？」

瑚達第一次聽說。每次她以為搞懂了每塊拼圖該如何拼湊，就會多出一片。

「什麼時候的事？」

「很久以前了，十年前吧。」

「十年？整整十年前？」

阿格妮絲想了一下。「對，就在他們的朋友過世前不久——凱特拉，被父親謀殺的那個女生，上次我們有提到她。」

「妳是說凱特拉過世前不久？其實除了調查妳女兒的案件，我也連帶在研究她的案子。」

「喔？為什麼？」阿格妮絲往前傾，緊繃的臉龐露出莫大的好奇。

「這個嘛。」瑚達的腦袋飛轉。「我們不能排除兩者有關，畢竟是同一群朋友當中發生兩起離奇死亡案件。」

「我覺得不太可能。況且我以為凱特拉的父親自殺後，案子就結案了。」

瑚達含糊點頭。

「當然我相信警方，你們清楚該怎麼做。我也想重申，我和先生會盡可能幫忙，妳無法想像這對我們多重要。」阿格妮絲哽咽起來，聲音突然拔尖緊繃。「我們必須知道發生什麼事。」

「我保證會盡力。」瑚達稍待片刻，給她機會稍微平復情緒，才問下一個問題。「凱特拉過世時，妳的女兒和班尼迪克在交往嗎？」

「沒有耶，他們就在幾天前分手。因為那起謀殺案，我記得很清楚——並不是說兩者相關，只是案發時間成了每件事何時發生的基準點。」

「是呀。」瑚達沒有追問下個問題，思索該從哪個角度下手。她喝了一大口淡如水的咖啡，吸進屋內寂寥的沉默，第一次好好端詳周遭。牆上掛著老舊風景畫，畫風熟悉，瑚達應該認得出畫家，但一時說不出名字。家具雕工細緻——瑚達以前稱之為古典家具——她和勇恩本來有天也會買來放在奧爾塔內斯的房子。這時她想起克拉拉母親上回說的話，便問，「她們是最要好的朋友吧？」

阿格妮絲證實，「對，最要好的朋友。」

她顯然完全不知道凱特拉過世那個週末其實在鄉間浪漫約會，對象還是班尼迪克——好友的男友，或應該說前男友。班尼迪克和克拉拉分手，接著跟凱特拉在一起，中間隔了幾天？克拉拉發現了嗎？如果她知情，又是什麼時候……？

「上次妳提到凱特拉的死改變了一切。」瑚達讓她的話懸在空中。她只是陳述事實，沒有提問，但她仍等待阿格妮絲反應。

「對……」女子明顯不想開口。

瑚達暗示道，「克拉拉失去最要好的朋友，一定很震驚吧。」

「沒錯。」阿格妮絲的回答有些遲疑。

「不只這樣，還——」

「妳說對了，不只這樣。」

瑚達等她繼續說。

「她們情同姊妹，甚至可說像雙胞胎，做什麼都在一起，簡直就像連體嬰，即使兩人個性南轅北轍：克拉拉溫柔友善，但從來沒像凱特拉那麼受歡迎。凱特拉可以把人玩弄於股掌之間，有時又很冷酷——你永遠不知道她會怎麼反應。不過她們形影不離，妳懂嗎？克拉拉和凱特拉，凱特拉和克拉拉……」阿格妮絲吟唱她們的名字，聲音越來越小，彷彿陷入催眠。

「後來怎麼了？」

「太詭異太可怕了……我知道先生不希望我多談，但我相信妳。」

瑚達鄭重點頭。

「我可以相信妳吧？」

「當然。」

「如果她是……如果我們的女兒……遭到謀殺……」阿格妮絲壓低聲量，聲音緊張地顫抖。「……妳得找出罪魁禍首，所以我不會隱瞞妳。」

瑚達等她繼續。

「凱特拉的死對克拉拉衝擊很大，大到不健康的程度。她的人生徹底翻轉，她變得支離破碎，完全崩潰。但最糟的是，她開始到處看到凱特拉。她晚上睡不著，往往渾身是汗驚醒過來，說凱特拉跟她說話。她會在睡夢中尖叫。後來狀況繼續惡化……」

「怎麼說？」

「她居然開始……變成凱特拉。我知道很難解釋，但偶爾她跟我們講話，感覺凱特拉也在，好像她還在世。我永遠忘不了第一次聽說這個狀況的時候。」阿格妮絲停下來，顫抖著深吸一口氣，顯然很難說出口。「以前她會替附近一家人帶小孩。他們是凱特拉的鄰居，很好的一對夫妻和一個小女孩，就住在凱特拉家隔街的公寓。據我所知，他們可能還住在那兒。總之，凱特拉過世不久，有一次她又去幫忙帶小孩，晚上回家也像沒事一樣。可是隔天早上，小女孩的父親打電話來，說女兒嚇壞了，因為……因為克拉拉整晚都斷斷續續『假裝成凱特拉』。如果我沒記錯，小女孩當時才六、七歲。我很震驚，試著問克拉拉，但她拒絕說明，只是更加縮進自己的殼裡。」

阿格妮絲靜了一會兒，才繼續說：「當然這不是開玩笑，很不健康。我們尋求醫生協助，但他們都說是創傷害的，說她終究會好轉。」

「有嗎？」

「後來外在表徵變了，沒那麼明顯，但直到她過世，克拉拉腦中都有凱特拉。她睡不好，工作做不久，依然跟我們住在家裡。她外表看來完全正常，你必須跟她相處一陣子，才會發現哪裡不對勁。說真的，我覺得她無法一個人過活。」阿格妮絲的眼眶盈滿淚水，她停下來清清喉嚨，才繼續說：「我們一直照顧她，要她跟我們待在家……我從未放棄，一直相信有一天她會康復。」

「妳覺得為什麼她受到的影響這麼重？」瑚達問道，小心翼翼觀察阿格妮絲的反應。

「我真的不知道。」女子真誠地說，「她們情同姊妹，我只能想到這個解釋。」她投向瑚達的目光天真純潔，但也隱含沉重的絕望。

「我真的非常遺憾。」瑚達說，「我沒想到她受了這麼多苦。妳知道她對於跟老友重聚去埃德利扎島怎麼想嗎？」

「她很興奮——她也是有狀況好的時候，其實大部分日子都不錯，晚上才比較難受。還有壓力——她不太能應付任何壓力，所以大多數雇主遲早都會放棄她，最後她甚至不再應徵工作了。」

「最近她有跟妳談到凱特拉的死嗎？例如提到這趟旅行的時候？」

一陣沉默後，阿格妮絲說，「這個嘛，聽妳這麼說……她說能再見到老朋友，有機會緬懷過去，應該不錯。算清……喔，她怎麼說的？好像跟舊祕密有關。沒錯，她說大家應該把事情講清楚，他們閉口不談事實太久了，之類的吧。我不知道她在說什麼。說真的，有時候我不太懂她；她經常迷失在自己的世界，妳懂我的意思吧。」

「但她覺得去旅行沒問題？」瑚達問道，「妳也同意她去？看在她的狀況，她能一個人出遊嗎？」

「她不是一個人去。」阿格妮絲有點尖銳地回答，「她跟朋友在一起，她最要好的朋友，他們都是好孩子。維圖利帝殺人並不是他們的錯。」她突然站起身。「嗯，我覺得夠了，我說太多了。妳總該看得出來，我們不可能猜到埃德利扎島發生的事，妳總該看得……」

瑚達也站起來，小心選詞用字，緩了一下才回答：「沒有人覺得你們應該預料到，我們只是想探究發生的事。如果推論正確，還要逮捕那個……推她的人。」

阿格妮絲看來安心多了。「謝謝，不過可能要麻煩妳離開了，我需要休息。而且我不想……」她頓了一下。「我不想要先生看到妳。他不喜歡我談這件事，不想讓風聲傳出去，不希望別人發現克拉拉怎麼了，她哪裡變了。我認為他覺得丟臉。不對，我不該這麼說，請別誤會——她當然不會讓他丟臉，但……畢竟很難，對他也是，對我們都是。」

「很感謝妳告訴我真話。」瑚達說，「我保證妳所說的事都會保密。」

「謝謝妳來見我。妳知道怎麼出去嗎？」

第四十五章

一切逐漸水落石出。瑚達骨子裡感覺得到：她接近事實了，過往的祕密終於浮出水面。她很肯定即將破案，或許就在今晚。這是她至今最大的成就：一舉偵破兩起謀殺案。涉案人士不再沉默，她只需要再挖深一點。

凱特拉過世的時候，她的男友班尼迪克跟她一起在度假小屋。事發前不久，班尼迪克仍跟克拉拉交往。

現在兩個女孩都死了，慘遭謀殺。

利德許說他質詢亞莉珊卓沒有問出有用資訊，但瑚達對他的偵訊技巧沒啥信心，況且他不知道最近曝光的消息。看來她必須親自去見亞莉珊卓，這次她不會手下留情了。上次見面時，她很肯定亞莉珊卓向她隱匿了重大資訊。

女孩的阿姨穿著睡衣來應門，看到來人是誰，她臉上的怒意顯而易見。

她沒有招呼瑚達，憤怒地嘶聲說，「妳知道現在幾點嗎？」

「我需要找亞莉珊卓。」

「她今天已經跟妳的同事談過了。我警告妳，我要找律師了。我姊夫的事務所就在附近，我馬上可以打給他；我說真的，我現在就打給他。妳就跟他談吧，不准再來騷擾我姪女，太誇張了。」

「亞莉珊卓是大人了。」瑚達用冷酷的權威口氣回答，「我想她還待在你們家吧，我需要跟她談，可以麻煩請她過來嗎？否則我們就得逮捕她，到警局正式替她作筆錄。如果亞莉珊卓願意，妳的姊夫也歡迎陪同。」

聽她這麼說，阿姨停了下來。

「她已經睡了，妳不能明天再來嗎？」

瑚達堅持，「我需要現在跟她談。」

女子不甘願地說，「喔，好吧。呃……這樣的話，我最好去叫她。」她回到屋內，不久之後，亞莉珊卓出現在門口，忍著呵欠。她很明顯剛起來，光著腳，身穿

T恤和睡褲。

「妳又來了。」

「妳好，亞莉珊卓，希望妳感覺好多了。我需要私下跟妳談，可以嗎？」

「什麼，現在嗎？」

「對，現在。」

「喔，好吧。請進。」

她帶瑚達到跟上回同一間房間。瑚達關上門，確信這次沒有人會打斷她們。

她省略開場白，直接說，「我想利德許跟妳說了，我們逮捕了班尼迪克。」

「對，但我不懂為什麼，我真的很困惑。班尼連蒼蠅都不會殺。」

「我們懷疑他謀殺克拉拉。妳和達格上樓睡覺時，他們都在樓下喝酒吧？」

「對，我也是這樣跟，呃，利德許說。沒錯……」她停下來，但瑚達絕對感到她有別的話要說，彷彿她想說更多，想要坦承……甚至自白？然而隨著沉默拖長，瑚達意識到她必須推她一把。

「我們也懷疑他殺了凱特拉。」

「什麼？」亞莉珊卓非常震驚。「凱特拉？妳是說在度假小屋嗎？不……不，不可能。凶手是達格的爸爸，當年就證實了。」

「未必。妳知道她和班尼迪克有交往嗎？」

「班尼和克拉拉？嗯，我當然知道，不過好久以前了。」

「我是說班尼迪克和凱特拉。」

「不對，妳搞錯了。班尼以前跟克拉拉交往。他們在……謀殺案之後分手了。」

「其實不對——他們在那之前就分手了。班尼迪克跟凱特拉一起去度假小屋。」

瑚達語氣平穩，密切觀察亞莉珊卓的反應。

「一起去度假小屋？她……她過世的時候？不可能，妳一定在亂說！我不相信。」亞莉珊卓確實看來沒有撒謊，她震驚的情緒很真實。

「亞莉珊卓，我們因此認定他殺了她們兩人，克拉拉和凱特拉。」

「不，不，妳錯了，妳一定錯了。他有承認嗎？」

「沒有，他當然否認。」

「維圖利帝，達格的父親，他……他殺了凱特拉，他甚至因此自殺了。」

「那誰殺了克拉拉？」瑚達緊盯亞莉珊卓的雙眼。這一刻，她確信女孩知道答案。

然而亞莉珊卓又沉默以對，著實惱人。

「亞莉珊卓，埃德利扎島上發生了什麼事？」瑚達質問，「妳在瞞著我什麼？」

亞莉珊卓停頓很久，才自言自語般開口：「我覺得克拉拉不太對勁。」

瑚達說，「喔？」不過聽過克拉拉母親的解釋，她並不驚訝。

「她在島上舉止很怪，半夜尖叫著驚醒，宣稱她看到凱特拉。她說得好像真的，非常恐怖，嚇壞我了。她真的好像相信凱特拉在場，她看到了鬼。她告訴我們凱特拉想聲張正義，彷彿，呃，彷彿她認為凶手不是維圖利帝。不對，這樣講不對——不只像她這麼想，而是她**知道**這是事實。妳懂我的意思嗎？真的很奇怪。即使聽起來很糟糕，我想那天為止，我們內心深處都認定維圖利帝有罪。當然達格除外，他一直堅持爸爸無罪。可是那天晚上，我突然覺得克拉拉非常肯定凶手不是維圖利帝。」

「妳覺得呢？」

「我不確定了……但我不相信班尼是凶手；他做不出這種事，他人很好。」

「不過妳向來比較喜歡達格吧？我聽說妳對他很有感情。」

亞莉珊卓點點頭。「雖然我沒採取任何行動，不過……對，他就是不太一樣。

我們一直有種特殊的關聯，妳懂嗎？」

瑚達不需要再問下去了，現在她看清了事件全貌。她知道誰殺了凱特拉，凶手只可能是一個人：所有證據都指向同一個方向。島上的事件也一樣，她知道誰攻擊克拉拉，把她推下懸崖；她甚至可以想像班尼迪克說的「他眼中的恨」。

「亞莉珊卓，妳還有什麼想跟我說嗎？」

「嗯，我想有吧。依照現在的狀況，我只能告訴妳了。克拉拉生前見到的最後一個人不是班尼迪克。」

「那是誰呢？」瑚達追問只是做做樣子，她早就知道答案了。

第四十六章

瑚達獨自前往，即使她應該帶個人，見證可能的自白，如果場面變得火爆，也能多一個幫手。不過直覺告訴她不會發生暴力，雖然要去見凶手，她卻不害怕，她知道不會碰上險境。

她曾站在這兒，按門鈴敲門，卻沒有人回應。這回她才剛按下門鈴，他就應門了。

「妳好，我多少料到妳會來。」

雖然過了午夜，達格仍穿著外出服。

「我可以進來嗎？」

「請進。」她正要踏進門，他又說：「警方就在這兒逮捕我爸，一大清早，他還穿著睡衣。警察拖他出去時，那個警探——妳的好朋友利德許——就站在玄關這裡。我在上頭，樓梯頂端……」他回過頭，指向樓梯平台。「當時我比小孩大不了多少，站在那兒，大聲哭喊，懇求他們放過我爸。當然，凱特拉過世是轉捩點，改變了一切，但當他們逮捕我爸……那天才是一切終結的起源，我們家就此開始分崩離析。在那之前，我們還有機會，妳懂嗎？我們還有機會撐過去，克服悲痛。可是警方抓了我爸，然後他死了，我媽再也無法負荷。現在只剩下我……獨自一人住在空蕩的大房子。妳是來逮捕我吧？」

「對，沒錯，達格。」

「至少我沒穿睡衣，我也不會拒捕，或大吵大鬧。這次沒有小孩站在樓梯上抗議，其實那個小孩可說那天也死了。這次鄰居要看報紙才會知道。妳甚至沒開警車，妳是開妳的綠色轎車嗎？」

她點點頭。

「開綠色斯柯達轎車的警察，真有趣。」

「我們進去談談吧？」

「不需要。我跟妳說，我要賣掉房子了，不太想回去裡面。我不能現在就跟妳走嗎？」

這一瞬間，她感到強烈的衝動想放他走，給他第二次機會。她可憐他，又太了解他。她知道有些罪行太過惡劣，為此復仇正當有理。她可以理解為什麼他找上克拉拉，無疑在盲目的怒火助瀾下，把她推下懸崖。但她當然不可能放他走，畢竟亞莉珊卓確認那晚克拉拉來找達格，兩人一起下樓。當時亞莉珊卓睡不著，依她所說，她有點希望達格會「爬上她的床」。可是他直接去睡了，留她醒著躺在那兒。即便如此，她單方面覺得他們仍有強韌的羈絆，因此起初還打算隱瞞發生的事。

「你殺了克拉拉嗎？」

「我……我不是故意的，我不覺得我想殺她，只是徹底失控了。晚上她來找我——我已經睡了，但她想跟我談，一直堅持有重要的事要告訴我，非說不可。於是我們出去散步，一路走到岩壁懸崖——她帶我去的，事後我一直猜想她是否打算跳崖。」

他默默靜下來，眼神朦朧，想著過去。

瑚達催促他，「她想跟你說什麼？」

「喔，當然就是她殺了我姊姊，我想妳已經推論出來了。」

瑚達點頭。

「原來凱特拉和班尼開始交往，卻沒告訴任何人。班尼甩了克拉拉——她跟我說鬧得很大，而且她知道原因；她想通了，跟我說她知道凱特拉橫刀奪愛。她開始監視他們，尾隨他們出城——她剛買了車。開了一陣子，她猜到他們一定是要去度假小屋，因為她跟凱特拉和亞莉珊卓去過幾次。克拉拉宣稱是意外，她只打算鬧鬧我姊姊，嚇她一下。她睡在車上，等了一整晚，就為了逮到凱特拉一個人。我姊姊想要什麼都弄得到手，妳懂嗎？當然我非常愛她，她是我的大姊，人很好。但她知道怎麼操弄別人，也能冷血棄人於不顧。她想要班尼，也得手了，克拉拉的感受並不重要。凱特拉就是這樣，個性非常剛烈。不管怎麼看，過去十年我們都活在她的陰影下。」

「度假小屋發生了什麼事？」

「顯然她們尖聲大吼，互相威脅，最後一發不可收拾。克拉拉打了凱特拉，推她一把，姊姊頭撞到桌角，就……失血過多死了。我想事情發生得很快。克拉拉完全無法承受她做的事。現場當然沒有電話，無法叫救護車，克拉拉跟我發誓，即使救護車趕來，也救不回凱特拉。我不知道，妳得了解我徹底失控了。那個該死的女人毀了我的人生，破壞我的家庭。姊姊和爸爸過世，媽媽落得這副德行，全都要怪她。現在我要去坐牢也是她的錯，真諷刺。」

「達格，我們差不多該走了。」

他點頭，彷彿想到又補上：「還有混帳班尼，他也有錯。如果他有膽子站出來，冒險讓他的名譽稍微沾點灰，就能救我爸爸。該死的金童班尼，在他和他父母眼中，一切都要超完美。他當然不會想要涉入謀殺案調查……妳知道嗎？那天妳闖進來看到我們時，我們本來差點都要打起來了。他當然否認一切，不過跟克拉拉談過後，我知道他跟凱特拉去度假小屋——但我不能說我怎麼知道。」

「該走了。」

或許是最後一次，達格在身後關上兒時老家的大門。

他絲毫沒有反抗，坐上斯柯達轎車。雖然瑚達很沮喪要以謀殺罪名逮捕這位年輕人，她腦中卻有另一個聲音叫道，「太好了，太好了，太好了！」恭喜她成功了：這是她等待已久的重大成就。

尾聲

第一章

羅伯，美國薩凡納，一九九七年

羅伯的太太出外見朋友，他獨自坐在薩凡納的遲暮中，身旁放著一瓶冰啤酒。太太堅決不喝酒，也不太喜歡他喝，不過偶爾會放他一馬。畢竟上次健康檢查證明他身體不錯，所以她也不太能唸他。對他來說，沒有什麼比得上炎炎夏日坐在門廊喝冰啤酒了。

羅伯回想他在冰島的時光。昨天來訪的客人嚇了他一跳。他好多年沒想到那座冰冷寂寥的島嶼，發現他對駐紮當地的時光和戰時的回憶都好模糊了。每當他想起那些日子，都像隔著大霧，因為那段人生現在感覺好不真實，幾乎像發生在別人身上。

還有安娜。他當然記得安娜，即使他們的關係極為短暫。他不會到處對親愛的妻子不忠；其實就只有安娜這麼一次。她有種特質，軟化了他的堅持，使他臣服於誘惑。事後她消失無蹤，他想念她好一陣子，但心底知道這樣最好。不過只有他能解釋為什麼他留了一張她的小照片，他們共度第一晚後，她給他這張證件照。他清楚知道照片收在哪兒，今晚他拿出來，放在啤酒旁的桌上，照著昏黃的門廊燈光。

可想而知，多年來照片已泛黃褪色，但羅伯只需看一眼，馬上就穿梭回到半個世紀前，來到一九四七年的雷克雅維克，一座逐漸成為城市的小鎮。身為美國人，他覺得他代表新的世代。並非所有居民都歡迎這些士兵，但他記得當地女孩美艷動人。他永遠不會忘記安娜。說實在話，他們相處的時間如此短暫，他竟然記得那麼清楚，真了不起。當然他們沒有未來，他從最開始就良心不安，不過想起短暫的緋聞，仍帶來甜美的辛酸。當時和現在他都愛著妻子，但他的愧疚隨著時間淡去，現在那段韻事就像遙遠的回憶，宛如迷人又意外的體驗。當然不用說，他絕不會告訴妻子，他會把祕密帶進墳裡。無論如何，他都不能承認自己有個冰島女兒。

瑚達聯絡他，告訴他要來訪時，雖然她起初什麼都沒說，他便開始懷疑了。或許出於神祕的原因，他一直知道他短暫的戀曲有開花結果。可是安娜從來沒聯絡他，應該表示她沒有打算讓他參與孩子的成長，因此他的決定也是為了尊重她的願望。

這是他欺瞞瑚達的原因之一。

然而驅使他撒謊的主因仍是為了保護自己，保護他超過半世紀的美好婚姻。他不可能拿現況冒險，只為了成為一個中年女子的父親。到她這把年紀，她不再需要父親，他也不需要女兒，再也不用了。他說他們生不出孩子是事實，雖然問題明顯應該出在妻子身上，不是他——瑚達的存在就是證明。他完全不懷疑她說的事實。短暫的這一夜，他和女兒同桌共談，但不會有下一次了。

她離開後，他沒怎麼感到後悔。要想念陌生人不太可能，他甚至跟她母親不甚熟，他與瑚達純粹只有血緣關係。即便如此，當她坐在那兒，他仍悄悄觀察她，思索是否該犧牲一切，好更了解女兒。然而他不覺得有必要，他們的羈絆不夠強烈。雖說不公平，他替他們倆做了決定，永遠埋起祕密。他知道她不會再來。

不過現在羅伯低頭看著舊照片，想到瑚達永遠不會知道她見過父親，不禁感到微微心痛。

他倒是替她做了一件事；他找出戰時自己穿軍服的老照片，寄給她。時隔多年，他的外表大幅改變，閃耀的青春年華早隨著頭髮一去不復返，所以他判斷寄照片給她沒問題。他在信中誠實告訴她，這是她父親的照片。她不太可能發現真相。

第二章

利德許，雷克雅維克，一九九七年

利德許從未懷疑維圖利帝可能無罪——直到現在。當年如火如荼調查時，他行事冷酷無情，深信維圖利帝罪該萬死，不僅侵害孩子，還是殺人凶手。

利德許對自己的能力充滿信心。所有證據都指向維圖利帝謀殺親生女兒，即使他一直不願意自白，利德許也可以自行填滿事證間的空白。他推論這家人八成有虐待和長年施暴的問題，一切都在度假小屋的週末爆發。畢竟那是維圖利帝的度假小屋，他的避難所。沒有人出面說他們跟凱特拉同行，她沒有開車也不太可能大老遠跑去西峽灣區鳥不生蛋的角落，獨自待在該死的小屋。不可能，就他來看，案情清楚得不得了。

利德許的理論如下：父女兩人一起去小屋，他又開始侵犯她，但這次她不再乖乖聽話，起而反抗，導致兩人扭打，最後以她死亡做結。不管是過失殺人還是謀殺，交給別人決定就好。

可是現在他知道他的論點完全錯誤：凱特拉遭到朋友克拉拉殺害，而克拉拉根本不是嫌犯。

當時利德許腦中勾畫的案情非常明確，他只需要取得自白，或更具體的證據。毛衣是天上掉下來的禮物，但只靠這一項證據可能不足以定罪，而且毛衣只落在附近地上，更加不妙。如果他們能宣稱女孩抓著毛衣，或許意圖把嫌疑指向父親，就更罪證確鑿了。說服當地警察安德烈撒謊非常容易，連他都覺得意外。不過果然太容易了，因為安德烈後來改變主意，但那種遜咖不就這樣嗎？作證不久後，調查還在進行，他就聯絡利德許，說他後悔了。尤其警方沒有取得自白，害他不再確定維圖利帝有罪。安德烈還說他需要坦白，才能給嫌犯公平的機會自我辯白，真是雪上加霜。愚蠢的老傢伙坦承他自己的下場會慘不忍睹；他必定會丟了飯碗，新聞頭條會寫到他的債務和他跟高利貸的關係。除此之外，他還說利德許也難以置身事外，因為安德烈必須解釋他為何同意撒謊，誰施壓他這麼做。利德許當然試圖勸退他，卻失敗了，簡直像對牛彈琴。安德烈宣稱兩天內就會南下雷克雅維克，跟警方高層見面，挽回他的錯誤。利德許因而陷入嚴峻的困境。

他只有兩天自保，搞不好更短。唯一的解法是逼維圖利帝自白，但說來容易，做起來可難了。那個愚蠢的混蛋早已崩潰，似乎喪失活下去的意志和繼續抗爭的力量，老說他知道法官會判他去坐牢，家人會受到大眾唾棄。但即便如此，警方還是無法說服他坦承犯案。他說他拒絕「坦承沒有犯下的罪行」，就因為他固執得要死。

利德許幾乎花不到一晚，就想出解決方案。

天還沒亮他就醒來，靈機一動。他偷偷溜下床，離開家，沒有吵醒妻子兒女。由於他的班表，家人習慣他時時刻刻到處亂跑，即使他們被吵醒，也不太可能在意他不在家。

他前往拘留嫌犯的監獄。他經常來，警衛揮揮手就讓他進去，甚至不用說他來看哪位囚犯。隨後要進入維圖利帝的牢房，偷偷給他皮帶，都非常容易。

或許利德許沒有仔細想清楚，但他真的非常肯定維圖利帝有罪。他的觀察從未出錯，維圖利帝的憂鬱和沉默僅進一步證實他的懷疑。總而言之，沒有其他可能的論點。真的沒有，當時沒有。

皮帶是給他的測試。

生死交關的抉擇。

如果維圖利帝沒有通過考驗，他的行為將形同自白，再怎麼看，都是本案最簡單的解決方法。凶手將間接自白，調查以勝利收尾。重點是，伊薩菲厄澤那個老傢伙就沒必要打亂計畫，危害利德許的職涯，只為了安撫他的良心。安德烈馬上會看出利德許的動機合理，此時擾亂一池春水沒有意義。

隔天早上，利德許毫不意外聽說維圖利帝在牢中上吊。結果證明他說對了。無論當下還是事後，他都毫不覺得要為男子的死負責。不過可想而知，他閉口不提他算是推了對方一把。警方自然有探詢囚犯怎麼取得皮帶，但調查草草結束，沒有結論。

然而現在該死的安德烈又跑出來，揭發十年前他威脅要公開的內容。利德許可能丟掉工作；他已經停職了。他當然非常震驚，不過瑚達來見他時，一瞬間他擔心她知道他偷塞皮帶給維圖利帝，知道他跟維圖利帝自殺的關係。這樣可就糟透了。

目前看來，這項細節不太可能浮上水面。

利德許實質上害死了維圖利帝。他自己有意識到，也很清楚，但其他人永遠不需要知道。

第三章

瑚達，雷克雅維克，一九九七年

瑚達站在母親的墳旁。

墓地整潔，看來保養得很好，但她知道秋天之後，她需要更認真拜訪。母親沒有其他親人了。

不管她們的母女關係多緊繃，瑚達必須坦承她很想母親。她在世上感到如此孤獨，如此孤單。

她周遭的親人都過世了：勇恩和汀瑪，她的母親，甚至她在美國的父親。

她相對還算年輕——至少不老——還很健康，又有野心。她仍有許多想達成的目標。在警局再待十五年：足以在退休前創下豐功偉業。屆時她六十五歲，還很年輕。雖然現在她還沒準備好談感情，或許退休後會是好時機，找一個好男人，展開新人生。她有機會擺脫枯燥的小公寓，搬去接近大自然的地方。對，未來還有很多美好的事等著她，她只要抱持正面的態度面對，開心期待就好。

可是想到死亡仍令她心生畏懼。有一天她會躺在冰冷的墓裡。當然那時她已魂歸西天，但想到自己要被埋在地下，她還是無法忍受。

她忽然感到窒息，便從母親的墓撇開頭，深吸一口氣。

臉譜小說選 FR6585

冰島暗湧II：孤島

Drungi

原著作者	拉格納・約拿森 Ragnar Jónasson
譯　　者	蘇雅薇
書封設計	莊謹銘
責任編輯	廖培穎
行銷企畫	陳彩玉、楊凱雯
業　　務	陳紫晴、林佩瑜、葉晉源
出　　版	臉譜出版
發 行 人	凃玉雲
總 經 理	陳逸瑛
編輯總監	劉麗真
	城邦文化事業股份有限公司 台北市中山區民生東路二段141號5樓 電話：886-2-25007696　傳真：886-2-25001952
發　　行	英屬蓋曼群島商家庭傳媒股份有限公司城邦分公司 台北市中山區民生東路二段141號11樓 客服專線：02-25007718；25007719 24小時傳真專線：02-25001990；25001991 服務時間：週一至週五上午09:30-12:00；下午13:30-17:00 劃撥帳號：19863813　戶名：書虫股份有限公司 讀者服務信箱：service@readingclub.com.tw 城邦網址：http://www.cite.com.tw
香港發行所	城邦（香港）出版集團有限公司 香港灣仔駱克道193號東超商業中心1樓 電話：852-25086231　傳真：852-25789337
馬新發行所	城邦（馬新）出版集團【Cite(M) Sdn. Bhd. (458372U)】 41-3, Jalan Radin Anum, Bandar Baru Sri Petaling, 57000 Kuala Lumpur, Malaysia. 電話：603-90563833　傳真：603-90576622 電子信箱：services@cite.my
一版一刷	2022年4月
I S B N	978-626-315-055-3

售價：380元

（本書如有缺頁、破損、倒裝，請寄回更換）

國家圖書館出版品預行編目資料

冰島暗湧II：孤島／拉格納・約拿森（Ragnar Jónasson）著；蘇雅薇譯. -- 一版. -- 臺北市：臉譜出版：英屬蓋曼群島商家庭傳媒股份有限公司城邦分公司發行, 2022.04
　面；　公分. --（臉譜小說選；FR6585）
譯自：Drungi
ISBN 978-626-315-055-3（平裝）

881.257　　110019864